W0321698

A CHAUD

LES TORNADES D'ACIER 4

OLIVIA RIGAL

Merci à

Christa Wick
et à Zirconium Publishing
pour m'avoir mise en selle pour cette balade.

Couverture de
Jacqueline Sweet

USA TODAY BESTSELLING AUTHOR

WWW.OLIVIARIGAL.COM

www.OliviaRigal.com
www.facebook.com/AuthorOliviaRigal/
Twitter : @byOliviaRigal
Instagram : www.instagram.com/oliviarigal

TABLE DES MATIÈRES

1

SLIDER

Cette cérémonie est un putain de cauchemar. Comment ai-je pu me laisser convaincre de venir à l'église ? Qu'est-ce que je fais là ? La petite chapelle est pleine et je suis aussi à l'aise que si je fumais une dernière cigarette, assis sur un baril de poudre.

C'est comme regarder une pile d'assiettes en équilibre instable. Si nous survivons à la bénédiction, la photo de groupe sur les marches de l'église ne devrait pas être triste. Mimi et David doivent être suicidaires. On n'a pas idée d'inviter à son mariage des membres de deux clubs de motards rivaux et une poignée de policiers.

En observant ceux qui font partie de la même unité que David et moi, je réalise que je me sens bien plus proche de Dmitry Knyaz, c'est-à-dire de Prince, mon sergent au sein du club des Category Five Knights que j'ai infiltré, que du commissaire dont je dépends. Cela fait des années que je suis un Knight. Merde, je ne sais pas ce que je vais faire lorsqu'ils vont m'extraire. Pourtant cela peut être demain ou dans six mois au plus tard. Il faut que je me décide.

Je ne peux pas redevenir un policier lambda. Cela fait trop longtemps que je travaille en électron libre, je ne vais pas pouvoir rentrer dans les rangs. Mais je ne peux pas démissionner non plus. Si je file ma dem, un crétin de la police des polices pourrait gaffer et dire aux membres de mon club que j'étais une taupe. Qui sait comment ils réagiraient ? Ils pourraient refuser de le croire ou alors signer mon arrêt de mort. Quel bordel !

— David, vous pouvez maintenant embrasser Jeanne-Michelle, dit le prêtre, dans un anglais teinté d'un fort accent créole.

Bien sûr, comme si David ne la sautait pas depuis une éternité. Enfin, il a quand même fait ceinture un moment. Le pauvre a dû rester planqué au Canada à se geler les miches tout l'hiver lorsque notre opération a merdé. Mais depuis qu'il est de retour, je suis certain qu'il a mis les bouchées doubles. Aucun doute là-dessus, il suffit de la regarder, elle a un sourire comblé, elle rayonne comme toutes les nanas qui sont satisfaites de leur vie au plumard. Quelle que soit leur couleur de peau, elles ont toutes le même air de contentement.

La mère de David pleure comme une madeleine. Ce serait difficile de le lui reprocher. Pendant onze mois elle a cru que son fils était mort et maintenant elle se retrouve avec une famille en kit ; un fils, sa nana et un petit-fils, Toussaint, le neveu de onze ans que Mimi a ou va adopter.

David embrasse la mariée, et enfin, nous sortons. Il est temps, je commençais à devenir claustro.

David et Mimi partent en premier, ils sont suivis de Lisa et Ice.

Pour quelle raison Mimi a-t-elle choisi la sœur de David comme demoiselle d'honneur ? Je ne le comprendrai jamais. Ce n'est pas comme si elles avaient quoi que ce soit en commun. Mimi est une fille toute simple alors que Lisa, avec son diplôme de droit d'une faculté huppée, est tout le contraire.

Ah, Lisa, elle est en plein délire ! Elle prétend qu'elle veut devenir proc ou juge d'instruction, et en même temps, elle se fait Brian Hatcher, dit Ice, le vice-président du club des Tornades d'Acier. Cette relation permet de douter du sérieux de son plan de carrière.

Ice, voilà un type que je comprends. Il a quitté l'école de police lorsqu'il a compris dans quel nid de vipères, il allait entrer. Je boirais bien un pot avec lui pour en discuter un de ces soirs, mais cela ne risque pas d'arriver. Déjà que c'est limite d'avoir le vice-président des Tornades et le vice-président des Knights dans une même pièce, si nous commençons à parler en privé certains s'imagineront qu'on prépare une fusion. Stallion, mon président, aurait mes valseuses clouées au-dessus de la porte d'entrée du club, façon trophée de chasse, avant même que j'aie le temps de dire Harley Davidson !

Juste derrière, il y a Sally et moi. C'est sans doute elle qui est la plus proche de Mimi, depuis que sa jumelle est morte. Le fait d'aller à la même université et de se déshabiller sur la même scène a créé des liens.

Sally attrape mon bras et me sourit. Je dois bien lui reconnaître cela, j'ai beau la renvoyer dans ses buts, elle ne fait jamais la gueule. Persévérance doit être son deuxième prénom. Aujourd'hui, elle est particulièrement sexy. Les mariages font souvent cela aux filles. Mais bon, je trouvais déjà qu'elle était craquante sous la pluie battante, les cheveux trempés et le maquillage en vrille, le jour où elle a trouvé la sœur de Mimi inconsciente derrière le club.

Bordel cette mission pue.

Je regarde derrière nous. Prince prend Juliya par le bras et se place après nous. Si les regards pouvaient tuer, il ne serait plus qu'un petit tas de cendres. Comme ce n'est pas le cas, un sourire amusé sur les lèvres, il fait comme s'il n'avait pas remarqué la façon dont elle le toise. Dans le même temps, je note qu'il assure sa prise sur son bras de façon ferme.

Prince n'est pas du genre à renoncer devant la difficulté. Au contraire, le fait que cette femme ne succombe pas immédiatement à son charme slave est plutôt de nature à l'exciter. Elle n'a pas la moindre idée de ce qui l'attend si elle continue. Il est capable d'oublier que c'est la fille du président des Tornades. Sans aucun doute, il voudra lui montrer à quoi ressemble un dominant. Pourtant, Juliya n'a pas besoin qu'on lui explique quoi que ce soit sur la question, tous les hommes de sa famille font partie de cette caste. Je doute cependant qu'elle ait beaucoup d'expérience. J'ai entendu dire que son père et ses deux frères avaient une excellente réputation dans ce milieu. Je ne suis d'ailleurs pas certain de ce que cela signifie. Quoi qu'il en soit, ils sont très protecteurs à son égard.

Prince me fait un clin d'œil. Si j'étais joueur, je parierais que c'est le statut de princesse des Tornades de Juliya qui le branche. La façon qu'il a de la regarder me persuade qu'il a vraiment besoin de quelque chose pour pimenter son existence. C'est sans doute cela le problème. La vie du club est plutôt calme ces derniers temps. Depuis la disparition des White Wizards — le groupe de « suprémacistes » blancs que mon équipe vient de démanteler — la présence policière est intense ici ses dernières semaines. Tous les membres des clubs de motards ont dû se tenir à carreau et se consacrer exclusivement à des activités avouables.

Sally me serre le bras. C'est à son tour de lancer des regards incendiaires. Elle est adorable quand elle est jalouse et possessive. C'est vrai que Juliya a du monde au balcon, mais si je devais plonger dans un décolleté, ce serait celui de Sally. Elle a tout ce qu'il faut, là où il faut. Je l'ai regardée se déshabiller sur scène assez souvent pour le savoir. Si je ferme les yeux, je peux la voir presque nue en train d'onduler autour de la barre… et c'est tout ce dont j'ai besoin pour être au garde-à-vous.

Et merde, ce n'était pas le moment d'y penser !

Bien sûr, Sally le remarque et fronce les sourcils. Si je connais ma Sally, elle est en train de se demander si c'est le décolleté de Juliya qui m'a mis dans cet état.

Mais non ma douce, c'est toi, rien que toi, mais je brûlerai en enfer avant de te l'avouer. Ma douce Sally mérite quelqu'un de bien, quelqu'un qui ne saura jamais qu'elle a payé ses études en se trémoussant en public, quelqu'un qui pensera qu'elle a toujours été la gentille fille qu'elle aurait mérité de demeurer si la vie ne l'avait pas bousculée.

Alors, c'est sûr, aujourd'hui, j'ai une vie de merde, mais c'est ma faute. Après tout, personne ne m'a mis un pistolet sur la tempe pour me forcer à entrer dans la police.

2

SALLY

Et voilà, il fallait que ce soit moi qui attrape ce ridicule bouquet. Debout en bas des marches avec les fleurs dans les mains, j'affiche mon plus beau sourire pour faire plaisir à Mimi. Elle me fait un clin d'œil, puis ses yeux noirs se posent sur le visage de Slider pour scruter sa réaction. La façon dont il s'est raidi quand j'ai pris son bras pour sortir de l'église m'a tellement mise en rogne que je ne veux même pas le regarder. Qui sait ce qui se passe dans la tête de cet homme ?

La plupart du temps, lorsqu'il me voit, je suis certaine qu'il a envie de moi, mais dès qu'il se rend compte que je l'observe, il se referme comme une huitre. Tout ce que je croyais lire dans ses yeux s'efface et je reste là comme une idiote à me demander si j'ai vraiment vu quelque chose ou si j'ai rêvé. Mimi dit qu'elle le voit aussi et David le pense également, enfin il l'a dit à sa façon, comme un mec.

C'était l'année dernière quand j'étais en train de piquer ma crise parce que l'ex de Slider tentait un nouveau retour. David m'a rassurée en me disant que, pour lui, c'était clair que cet homme était dingue de moi.

Un vrai sourire se substitue à mon sourire artificiel lorsque je me rappelle ce que David a dit : « A chaque fois que tu montes sur scène, il grince des dents à s'en briser la mâchoire. »

Maintenant sa mâchoire va être en sécurité parce que j'ai mon diplôme en poche et j'ai même trouvé un vrai boulot. En réalité, c'est Juliya qui m'a trouvé un vrai boulot. L'agence de détectives privés, l'Amicale Pression où elle travaille, a besoin d'une assistante administrative. Le vrai patron, c'est le frère de Juliya, mais j'ai été recrutée par sa supérieure Patricia, une femme très directe à propos de ce qu'elle souhaite. Je l'ai trouvée très bien et cela a dû être réciproque puisqu'elle m'a offert le poste. Patricia m'a dit qu'ils avaient besoin de moi tout de suite, mais elle a compris que je devais donner une semaine de préavis à Slider. J'ai peut-être un emploi peu traditionnel, mais ce n'est pas pour cela que je ne dois pas me conduire correctement. Je lui dirai lundi. Je me demande comment il va le prendre. Qui sait ?

A la fin de la semaine prochaine, ce sera terminé, plus de stripteases pour moi. Plus de mains moites trainant sur mes fesses sous prétexte de glisser un billet dans mon costume. Je n'ai aucun doute sur le fait que je vais gagner moins, mais cela m'est égal. Je commence ma vie professionnelle sans dettes, ce qui n'est pas le cas de bien des étudiants.

Mimi me fait signe. Elle veut que ses demoiselles d'honneur viennent poser pour quelques photos avec elle.

— Allez, les filles, allons-y, dit Lisa, nous appelant Juliya et moi.

Je me dirige vers Mimi en ignorant Slider et puis je réalise que Juliya ne suit pas. Elle est en plein duel avec Dmitry, c'est à celui qui baissera les yeux en dernier. La princesse des Tornades et le Prince des Knights. Quel couple spectaculaire ! Ils sont superbes et les étincelles entre eux sont plus impressionnantes que tous les feux d'artifice du 4 juillet auxquels j'ai pu assister.

Je fais un pas en arrière et pose la main sur le bras de Dmitry. Je n'ai pas peur du géant russe. Je sais qu'il ne ferait jamais de mal à une femme. Enfin, ce n'est pas tout à fait exact. Il ne frappera jamais une femme sous le coup de la colère. Par contre, selon les filles avec qui il a passé un peu de temps, c'est le genre, fessées, et tout le bordel.

Les yeux sombres de Dimtry se détournent du visage de Juliya vers le mien.

— Qu'est-ce que tu veux Sally ? Son ton est neutre, d'ailleurs, je ne l'ai jamais vu perdre son sang-froid.

— La mariée nous appelle.

Je penche la tête en direction de la porte de l'église où Mimi et Lisa nous attentent.

— Et on ne devrait jamais faire attendre une mariée, affirme-t-il en me souriant.

Puis se tournant vers Juliya, il ajoute :

— Va toute petite. Je te retrouverai plus tard.

Juliya fait une drôle de grimace, mais je crois qu'elle aime être appelée « toute petite ». Il a de l'imagination, ni Juliya ni moi ne sommes toutes petites. Mimi et Lisa non plus d'ailleurs. Je prends le bras de Juliya et nous grimpons les quatre marches pour poser à côté de la mariée. Le photographe prend quelques clichés, puis nous fait changer de place avant de nous libérer.

David se tient près de la limousine qu'il a louée pour la journée. Il nous ouvre la porte. Mimi nous laisse monter en premier et elle lui dit :

— Va avec Ice, je sais que tu détestes être enfermé dans une boite.

— Tu es sûre ?

Il y a un côté petit garçon chez David qui est attendrissant.

— Vas-y avant que je change d'avis.

Mimi le repousse affectueusement avant de s'affaler sur la banquette à côté de moi. Elle se déchausse et remue les orteils en poussant des soupirs de bonheur. Sur son visage, je vois une sorte de sérénité.

— Cet homme est adorable, je lui dis.

— C'est vrai, n'est-ce pas ?

Sa réponse est accompagnée d'un sourire rêveur.

— Assez, ça suffit, vous me rendez malade !

Juliya lève les yeux au ciel et prend un air dégouté comme si tout cet étalage de béatitude la dégoutait vraiment. Elle vient d'une famille de machos. Ils ne font pas dans l'adorable. Ses frères, Ice et Everest sont même des surveillants ou arbitres — je ne sais plus trop comment on dit — dans le sexe-club que leur père a créé.

C'est drôle, Juliya et moi, on a tout de suite bien accroché alors que nous venons de milieux totalement différents. Je ne pense pas que quiconque dans ma famille connaissait l'existence des sexes-clubs. Je n'ai jamais mis les pieds dans l'un de ces endroits et cela ne me dit vraiment rien. Bien que j'aie affiché mes seins et mes fesses en public pour gagner ma vie, je ne suis pas du genre à faire des galipettes en public. Merci, mais non merci !

Je me tourne vers Lisa qui hausse les épaules en lui répondant.

— Chacun son truc. Mon frère est un très gentil garçon et je suis certaine qu'il rendra Mimi très heureuse.

— Mais, es-tu comme Juliya ? Tu préfères le sauvage au gentleman ? je lui demande.

— J'ai la chance de ne pas avoir à choisir. Brian se conduit en gentleman la plupart du temps.

Lisa préfère appeler Ice par son véritable prénom. Elle soupire et ajoute :

— Mais j'aime aussi les moments où il laisse libre cours à son côté sauvage.

— Ça suffit avec tous vos trucs sentimentaux, proteste Juliya, provoquant nos éclats de rire.

Cela ne fait pas très longtemps que je connais Juliya, mais je sais que pour sortir avec des garçons, cela n'a pas été de la tarte pour elle. Je n'ai jamais rencontré son père, mais il a la réputation d'être un dur de dur. Juliya m'a dit qu'elle n'avait jamais eu de rencart avant de partir à l'université. Un regard de son père, et le plus courageux des adolescents détalait comme un lapin. Elle dit en plaisantant que si elle a grossi, c'est parce qu'au lieu de sortir danser avec les garçons, elle est restée chez elle à manger des cochonneries devant la télé.

C'est sa version des faits et elle s'y tient. Moi je ne me cherche plus d'excuse, je suis ronde parce que j'aime manger et c'est tout ce que j'ai à dire sur le sujet. Il y a plein de garçons qui aiment les filles rondes. Lisa a trouvé Ice, Mimi a David, alors il n'y a pas de raison que Juliya et moi, on ne puisse pas trouver un beau diable fou de nos rondeurs.

J'aimerais bien que Slider soit ce beau diable.

3

SLIDER

La petite rue est bondée lorsque Prince et moi arrivons devant la maison de David. Nous roulons un peu plus loin pour garer nos bécanes.

— Nous ne resterons pas longtemps, dis-je à Prince alors que nous revenons sur nos pas. En règle générale, je n'aime pas la foule, mais aujourd'hui, cela risque d'être pire que d'habitude.

— Ça, c'est ce que tu crois, ironise-t-il en pointant du doigt l'ouverture entre la maison de David et la maison adjacente.

En regardant dans cette direction, je vois des tables et des chaises installées dans le jardin derrière les bâtiments. On dirait que cela va être un dîner assis, pas moyen de s'échapper sans être grossier.

La porte de la maison est entrouverte. Nous la poussons pour pénétrer dans un salon de belle taille. Derrière les portes vitrées, sur le mur opposé, un jardin avec une sorte d'auvent. Il semble que le rez-de-chaussée de la maison se compose d'un salon, de la cuisine et du garage. Un petit escalier mène à l'étage et de là-haut, j'entends venir des rires de femmes.

Prince et moi traversons la pièce jusqu'au jardin où nous sommes accueillis par un Toussaint enthousiaste. Le gosse se précipite vers nous comme si nous étions ses oncles préférés. Prince l'embrasse et lui frotte la tête. Mimi l'a fait raser si court qu'il pourrait s'engager dans les marines sans passer par la tondeuse du barbier.

La mère de David regarde Toussaint avec tellement d'amour que je détourne les yeux. J'espère qu'il ne réalisera pas tout de suite qu'il ne faut pas faire confiance aux adultes. Elle l'aime maintenant, mais cela ne veut rien dire. Ma belle-mère aussi me regardait comme cela. Elle prétendait m'aimer comme un fils, et puis elle a quitté la ville sans même prendre le temps de me dire au revoir. Je garde mes distances parce que je ne veux pas faire un coup pareil à Toussaint, mais le gamin fait comme si je ne le repoussais pas. Il est pire que Sally ! Prince remarque que je suis froid avec lui et me regarde de travers. Oui, oui, c'est cela, je suis un monstre ! Il me regarde comme si j'étais en train de noyer un chaton. Il est mal placé pour me juger, lui dont le passe-temps préféré est de fouetter ses nanas ! Chacun son truc.

— Qu'es-tu devenu de beau ? lui demande Prince

Mimi et Toussaint avaient disparu l'été dernier lorsqu'elle avait réalisé qu'elle était recherchée par les White Wizards. David lui avait demandé d'emprunter la clef d'un bureau à l'un de ces salopards, et au lieu de nous donner cette clef, il a fallu qu'elle aille voir elle-même ce qu'il y avait derrière la porte. Elle a failli être prise la main dans le sac.

— Ça va. Enfin, je pense. C'était bizarre de suivre des cours à domicile pendant un an. Toussaint regarde autour de lui avant d'ajouter. J'aurais jamais cru dire cela un jour, mais je suis vachement content de retourner dans mon ancienne école à la rentrée.

Prince rit.

— Ah oui, je comprends, avoir son prof en tête à tête, c'est bien trop d'attention pour un enfant de ton âge.

— Mais non, je n'étais pas tout seul, commence à expliquer Toussaint. On était quatre, mais... je ne suis pas sûr que j'aie le droit de parler de l'endroit où on se cachait.

— T'inquiète gamin, nous n'étions pas en train d'essayer de te soutirer des informations. Prince ne faisait que bavarder.

C'est ce que je dis, mais maintenant, je me pose des questions. Pourquoi pense-t-il qu'il ne faut pas qu'il parle de l'endroit où il était ?

Toussaint paraît soulagé, un sourire illumine son visage alors qu'il regarde derrière moi. Je me retourne, David vient vers nous avec Mimi. Elle a retiré son voile et toutes les fanfreluches qu'elle portait à l'église. Elle est encore plus spectaculaire dans sa robe blanche toute simple.

D'ailleurs, elle me fait penser à celle qu'elle portait sur scène, très pure et virginale. C'est ce qui faisait son succès au club. À chaque fois qu'elle se déshabillait, ils avaient l'impression que c'était la première fois. Prince me donne un coup de coude dans les côtes et me fait un clin d'œil. Je crois qu'il a lu dans mes pensées. Mais ce soir, le spectacle que va donner Mimi sera pour un public d'un seul homme et je suis content pour eux qu'ils aient limité le champ de ses admirateurs.

— Je suis heureuse que vous soyez là, dit Mimi. J'étais certaine que Dmitry et toi pourriez ignorer vos querelles de clocher avec l'autre club pour une soirée et faire ami-ami avec les Tornades.

— Ami-ami ? grogne Prince, puis il éclate de rire. Ma chérie, je te promets que je vais y travailler. Oui madame, j'aime vraiment la petite camarade de jeu que tu m'as trouvée pour la soirée. Tu peux être rassurée, je ne demande pas mieux que de faire ami-ami avec Juliya !

— Tu vois, je t'avais dit que tout se passerait bien ! déclare Mimi à David.

Pendant un instant je me demande si elle plaisante ou pas. Mimi est une femme intelligente, alors l'ironie de la réponse de Prince n'a pu lui échapper. Peut-être Mimi a-t-elle décidé d'ignorer tous les problèmes et espère que tout se passera bien. J'espère qu'elle a raison et que cela va marcher. Le cerveau de David a dû se transformer en compote parce qu'il est en train de lui sourire comme un idiot. Oui, le bonheur peut rendre un homme complètement crétin !

— Et toi ! aboie Mimi en se tournant vers moi. Fais quelque chose à propos de Sally.

Je fronce les sourcils pour lui indiquer que je ne sais vraiment pas de quoi elle parle, mais elle continue.

— Cela fait une éternité qu'elle a le cul entre deux chaises à attendre que tu te décides. Elle enfonce un doigt dans ma poitrine. C'est ce soir ou jamais. C'est oui ou c'est non, mon grand.

Je secoue la tête.

— Sally et moi, nous sommes simplement amis.

David lève les yeux au ciel pendant que Prince et Mimi haussent les épaules en parfaite harmonie. On dirait que ces deux-là ne croient pas qu'un homme et une femme puissent avoir une relation amicale. La vérité, c'est que je n'en suis pas certain non plus. Quoi qu'il en soit, je m'attendais au moins au soutien de David. Il sait dans quelle position inconfortable je suis. Je serais le dernier des salops si j'attirais Sally dans ma vie de merde. Nous sommes déjà bien trop proches en l'état actuel. Même si je me targue d'avoir toujours été attentif à toutes mes danseuses, il suffit de me regarder faire pour constater qu'il y en a une à qui je prête plus d'attention. La meilleure chose qui puisse lui arriver, c'est de s'éloigner de moi.

Il est grand temps qu'elle le fasse. Elle a achevé ses études au printemps. Il faut qu'elle trouve un vrai boulot, enfin un boulot avec un futur. Ouais, c'est ce que je vais lui dire ce soir. Il faut qu'elle avance dans la vie. Danseuse nue, c'était pas mal, mais il faut évoluer. Sauf que, si j'avais le choix, je filerais bien comme un rat pour éviter toute la soirée.

—Allez, c'est l'heure de faire la fête, s'enthousiasme David.

Comme par magie, quelqu'un met un peu de musique douce.

Je balaie le jardin des yeux à la recherche de l'origine du son. L'auvent qui protège les trois tables s'étend jusqu'au jardin de la maison voisine, des planches ont été posées sur l'herbe pour faire une piste de danse. Ice est en train de régler un lecteur de bande magnétique Revox sur lequel repose une grosse bobine. Ce sera la bande-son de la soirée.

4

SALLY

— Je suis contente que Mimi nous ait permis de tomber la robe, dis-je à Lisa en sortant de sa chambre.

— Moi j'aurais bien aimé continuer à porter cette jolie robe, répond Lisa en regardant la pile de tissus colorés sur son lit.

— Tu n'avais qu'à garder la tienne, lui rétorque Juliya de la salle de bain.

Elle porte un jean noir tellement moulant qu'il a l'air d'avoir été peint sur elle. Sa chemise blanche est fermée par un nœud à la taille. Son décolleté est plongeant. Elle a souligné ses yeux d'un large trait noir et ses lèvres sont rouge sang. Elle est super sexy.

— Pas vraiment, puisque toi et Sally vous vous mettez en jean, proteste Lisa.

Nous descendons toutes les trois et au moment d'arriver au palier, Juliya s'immobilise et nous fait signe de nous taire. Mimi est en train de faire la leçon à quelqu'un. J'espère que ce n'est pas à David ! Un sourire se dessine sur mon visage lorsque j'en entends la fin.

— ... à attendre que tu te décides. C'est ce soir ou jamais. C'est oui ou c'est non, mon grand.

Je suis certaine qu'elle est en train de remonter les bretelles à Slider et je prie pour qu'il l'écoute.

Mon sourire s'efface lorsque j'entends sa réponse.

— Sally et moi, nous sommes simplement amis.

Je suis folle furieuse. Il vient d'enfoncer le dernier clou dans son cercueil. Voilà, c'est fini, je n'attendrai plus. Juliya me prend la main et la serre fort. Elle continue de la tenir alors que nous sortons.

Quelqu'un met de la musique et Lisa nous quitte pour rejoindre Ice qui lui fait signe depuis l'autre côté du jardin. David conduit sa belle mariée vers la piste de dance. Les yeux rivés sur ce couple rayonnant, je suis Juliya. Nous passons devant Prince et Slider en les ignorant et prenons deux sodas au bar avant de nous installer à une table vide. À la fin de la première chanson, d'autres couples rejoignent les jeunes mariés.

Juliya me montre un couple plus âgé.

— C'est Tony. Tony c'est le jumeau du père de David.

— C'est lui l'oncle de David et de Lisa qui habite dans la maison jumelle à côté ?

— Ouais, et celle qui danse avec lui c'est sa femme,

Nancy. C'est la mère d'Ice. Cracker – mon père – l'a mise en cloque lorsqu'elle n'était qu'un p'tit cul chez les Tornades. Inutile de te dire que ma mère l'a chassée rapido lorsqu'elle a appris que mon père se la faisait, mais le mal était déjà fait. Plus tard, elle a épousé Tony.

— Alors, Nancy est la tante de David et de Lisa, mais son fils n'est pas leur cousin ?

— Oh non ! grimace Juliya comme si sortir avec son cousin était la chose la plus répugnante au monde. Lisa et Ice ne sont pas cousins. Ils sont juste des voisins très proches.

— Comment va ma sœur préférée ?

La voix de basse me fait sursauter et conduit Juliya à bondir hors de sa chaise dans les bras d'un géant. Je suppose que c'est son frère Ernest, le dominant légendaire que je n'avais pas encore rencontré. En l'observant, je comprends pourquoi il est surnommé Everest. Il est gigantesque et plutôt beau gosse.

— Everest, tu ne connais pas encore mon amie Sally, me présente Juliya.

— Non je n'ai pas ce plaisir. Ses yeux sont d'un vert profond, un peu comme ceux de son frère, mais plus durs, plus pénétrants. Il saisit la main que je lui tends et l'emprisonne entre ses longs doigts rugueux.

L'homme transpire la puissance. J'étudie son visage et lui le mien. Pour Juliya, son frère est un mystère. Elle n'arrive pas à comprendre pour quelle raison il a fait des études de psycho pour finir policier. Je devine qu'il a pensé qu'être profileur, c'était plus stimulant que thérapeute.

Juliya décide d'intervenir.

— Si tu dois continuer à lui tenir la main, autant que tu la fasses danser.

— Tu veux ? me demande-t-il les yeux toujours rivés aux miens.

— Avec plaisir.

Après tout pourquoi pas ? Slider et moi, nous sommes seulement des amis, n'est-ce pas ? Et puis cet homme est agréable, il me regarde comme s'il était vraiment ravi de me rencontrer.

Il me tient la main jusqu'à la piste de dance et me tire vers lui, assez près pour sentir sa chaleur, mais pas trop tout de même. Je pose les mains sur ses épaules et je me sens toute petite.

— Tu es l'invitée de qui à cette fête ? me demande-t-il en penchant la tête comme s'il avait besoin de me regarder sous un autre angle.

— Je suis une amie de Mimi. Nous avons travaillé ensemble et nous sommes allées à la même université.

— Je vois, tu es une danseuse exotique avec un cerveau.

— Je suppose.

C'est une façon charmante de présenter la chose. J'aime le fait qu'il ne porte pas de jugement sur ce que je fais. La majorité des gens pensent que les stripteaseuses sont des prostituées alors que même s'il y en a surement qui cumulent, je suis certaine que la plupart du temps, ce n'est pas le cas.

— Et ton mec, cela ne le dérange pas de te regarder te déshabiller tous les soirs devant de parfaits étrangers ?

— Je ne crois pas que j'ai un mec.

Il lève un sourcil et penche à nouveau la tête.

— Voilà qui est intéressant. Vas-y, explique.

Je ris et tente de changer de conversation en lui disant que Juliya m'avait mise en garde à son sujet.

— Qu'est-ce que ma sœur diabolique raconte à mon propos maintenant ?

— Que tu es très curieux et qu'il suffit que tu regardes les gens dans les yeux pour voir jusque dans leur âme.

— Et pourtant, tu n'as pas hésité à me regarder dans les yeux, remarque-t-il, avec un sourire malicieux. Tu n'as pas cru ce qu'elle te disait ?

Je hausse les épaules en répondant.

— Non. À mon avis tu dois remarquer des choses qui échappent aux autres et j'étais curieuse de te voir faire.

— Vraiment ?

Il a l'air surpris.

— Ce n'est pas comme si je prenais de gros risques. Je n'ai pas grand-chose à cacher.

— Oh, mais non ! Nous cachons tous quelque chose. Là, tu tentes de cacher le soulagement que tu ressens parce que tu penses que tu m'as fait perdre le fil de la conversation.

Je ris et soulève les mains comme pour me rendre avant de les reposer sur sa poitrine.

— Un point pour toi. Je voulais t'épargner, mais puisque tu insistes, tu vas tout savoir à propos de ma vie sentimentale inexistante. Tu pourras peut-être me donner un point de vue masculin.

— Je t'écoute.

Son ton est gentil, protecteur. Il me serre un peu plus contre lui et ajoute :

— Je serai ravi de jouer le mur des Lamentations si j'ai le droit de consoler après.

Je plonge dans ses yeux sans pouvoir décider s'il est sérieux ou pas, mais après tout, pourquoi pas. Peut-être qu'il peut m'aider à comprendre ce qui se passe dans la tête de Slider.

— Il y a ce mec avec qui je travaille…

Everest hoche la tête et je continue.

— Je sais qu'il m'aime bien, mais il n'a jamais rien tenté. Les seules fois où nous avons un contact physique, c'est lorsque je monte derrière lui en moto.

— Sait-il qu'il te plait ?

— Soyons sérieux, j'ai tout fait pour qu'il le comprenne, enfin, à part me tatouer son nom sur le front.

L'image le fait rire et c'est assez communicatif pour étouffer ma frustration. Pendant un moment, j'ai envie de croire qu'il est le remède idéal pour ma « Sliderite » aigüe. Je sais qu'Everest est supposé être un grand méchant dom, mais son rire démontre qu'il n'est pas seulement cela. Il y a un être léger, épris de liberté dans cette montagne d'homme.

— Donc tu travailles avec lui, récapitule-t-il.

— Oui, c'est mon patron.

— Peut-être pense-t-il qu'il ne faut pas — il semble chercher une façon polie de dire « coucher avec le petit personnel » — nouer de relation sur son lieu du travail.

— C'est vrai qu'il dit à qui veut l'entendre que la règle principale du club est : « On ne touche pas à la marchandise. »

Everest secoue la tête comme si je venais de lui donner la clef du mystère, mais je n'y crois pas. Slider a fait semblant de ne rien voir lorsque David a eu le béguin pour Mimi et il doit bien savoir que, Vic, le barman, vit avec une des danseuses depuis une éternité. Oui, mais ni David ni Vic ne sont des Knights... Comme si cela pouvait faire une différence !

— Tu crois qu'il y a quelque chose d'autre ? demande-t-il.

— J'en suis certaine. Mais tu sais quoi ? Je vais bientôt le savoir parce que je quitte la boite. Alors si c'était cela, il n'y aura plus de raison pour qu'il ne m'approche pas, non ?

5

SLIDER

La mère de David s'approche de Prince et de moi. C'est une femme dodue dans la cinquantaine qui a dû être pas mal dans le temps.

— Venez vous asseoir avec nous.

Elle prend Prince par le bras et l'amène vers une table. Je les suis.

— Alors, voyons si j'ai bien retenu ma leçon. Vous êtes Dmitry, mais on vous appelle Prince ?

Il hoche la tête.

— Vous êtes un russe blanc ? Vous avez une relation avec la famille royale ?

Dmitry éclate de rire, un rire profond que je n'avais jamais entendu à ce jour. Ce n'est pas qu'il soit toujours d'humeur sombre, mais pendant toutes ces années, je ne l'ai jamais entendu rire de façon aussi spontanée.

— Non, madame, répond-il. Il n'y a pas une goutte de

sang royal qui coule dans mes veines, enfin, pour autant que je sache.

— Pas de madame avec moi. Vous me donnez l'impression d'être une centenaire. Mon nom est Betty, minaude-t-elle. Alors comment avez-vous hérité de ce nom ?

— C'est à cause de ce qu'une femme a dit à mon propos, explique-t-il.

Je me demande si Prince va y aller franco et parler de sa vie sexuelle avec la mère du marié. Mais non, elle ne pose pas d'autres questions sur son nom à lui.

— Et vous Slider ?

— Le mien n'est pas très mystérieux. C'est à cause d'une glissade. J'ai été victime d'un accident très spectaculaire en moto.

Son regard se voile d'inquiétude.

— Vous n'avez pas été blessé trop sévèrement j'espère ?

— Non ce n'était pas grave.

Je mens bien sûr et secoue la tête pour chasser les images qui me reviennent. D'habitude, j'arrive à ne pas y penser. Je ne vois même plus mes cicatrices. Je n'y pense que lorsque les gens me fixent et cela fait longtemps que cela n'est pas arrivé, car je ne vais plus à la plage.

— Du vin ou de la bière Dmitry ? demande Betty.

— Une bière s'il vous plait, dit Prince.

— Et vous... ?

À la façon dont elle s'arrête, je comprends qu'elle me

demande mon vrai nom, mais je feins de ne pas comprendre. Avec un large sourire, je réponds.

— Une bière, ce sera parfait. Merci Betty.

Elle sort deux bouteilles d'une marque européenne d'un seau à glace et verse le liquide ambré dans deux verres glacés. Prince et moi la remercions en prenant les verres. Nous nous serions volontiers contentés d'une bière locale en cannette...

Elle nous montre de la main une table couverte de hors-d'œuvre.

— Servez-vous, faites comme chez vous

Puis elle s'excuse de nous quitter pour aller accueillir d'autres convives. L'une d'entre elles est la commissaire Black, la responsable de mon unité.

Prince et moi restons à côté du bar savourant notre bière et étudions les alentours. Juliya est assise seule à une table, elle regarde les couples danser. Je suis son regard et vois que Sally est dans les bras d'Everest. Je trouve qu'il la tient bien trop serrée. Elle lui sourit. Elle s'amuse et j'ai beau me dire qu'il faut qu'elle passe à autre chose, je ne veux pas la regarder danser avec un autre homme. Ses mains à lui descendent de sa taille et je détourne les yeux pour regarder Prince qui m'observe avec un rictus ironique.

— Et tu vas laisser ce mec peloter ta nana ?

— Ce n'est pas ma nana, je rétorque. Et puis surtout je pense qu'il n'a pas une chance avec elle, mais qui sait...

— La chasse est ouverte ? me demande-t-il pour me provoquer.

— Exactement et puis tu peux toujours essayer. Il y a une chose dont je suis certain, elle n'est pas pour toi. Il n'y a rien de soumis chez elle.

— Tu as sans doute raison. Maintenant, celle-là, c'est une autre histoire, dit-il, en montrant du menton Juliya qui attend le retour de Sally, assise toute seule à la petite table avec deux verres.

— Elle, je ne sais pas ce qu'elle est. Elle m'a l'air bien trop impétueuse pour être une de tes soumises, mais je ne suis pas un expert sur la question. Et puis de toute façon, elle est intouchable.

— Selon qui ? proteste Prince. Je t'accorde que c'est une grenade dégoupillée puisqu'elle appartient aux Tornades. Je ne devrais pas y toucher parce que nous ne sommes plus assez nombreux pour commencer une guerre.

Il a raison, depuis que notre section locale s'est éclatée en deux nouvelles sections, les rangs sont clairsemés.

— Mais bordel, c'est la femme la plus excitante que j'ai jamais rencontrée, murmure Prince les dents serrées. Et je le sens dans mes tripes, elle est pour moi.

— Sur une échelle d'un à dix, à quel point te sens-tu suicidaire aujourd'hui ? Je lui demande en regardant Betty se rapprocher de nous au bras de la commissaire Black.

— Je dirais cent, me répond Prince.

— Alors, allons-y. C'est sans doute la seule chance que tu auras de l'approcher sans danger.

J'attrape un soda light, ce qui semble être ce qu'elle boit et m'approche de Juliya. Il y a des chaises vides à sa table et je pense que nous pouvons nous y asseoir sans risque. Tant que Prince ne pousse pas trop fort, les frères de Juliya ne devraient pas se sentir obligés d'intervenir. Ils ne voudront pas gâcher la fête pour David. Je pose la bouteille près du verre de Juliya et mets une main sur le dossier d'une chaise vide.

— Je peux ?

— Bien sûr, je serai ravie d'avoir de la compagnie jusqu'au retour de Sally, affirme-t-elle. Mais si cela se trouve, Everest va la monopoliser toute la soirée.

Son sourire insolent démontre qu'elle me nargue et du coup c'est avec une satisfaction certaine que je le regarde vaciller lorsqu'elle voit Prince s'approcher de l'autre chaise vide à côté d'elle. Elle détourne le regard, le visage crispé.

— Dance avec moi princesse, dit-il en la prenant par la main pour l'aider à se lever.

— Mais qu'est ce qui ne va pas chez toi Dmitry ? murmure-t-elle. Tu veux te foutre en l'air ?

— Mourir dans tes bras serait une belle mort, lui répond-il alors qu'elle part avec lui jusqu'à la piste de dance.

J'observe les réactions des autres couples à l'approche de Prince et de Juliya. Ice et Everest lui lancent des regards meurtriers. Lisa et Sally ont l'air ravies. David et Mimi ne voient rien. Ils sont dans leur monde à eux. À voir David et Mimi tellement absorbés l'un par l'autre, je ressens une sorte de jalousie. Je n'ai jamais pensé que je pourrais avoir envie de me marier. Aujourd'hui pour la première fois, je veux ce qu'ils ont. Je sais avec qui je veux le partager. Malheureusement je ne pense pas que je vais pouvoir concrétiser.

David m'a avoué qu'il voulait faire un mariage en tout petit comité, mais que Mimi voulait qu'il y ait une fête pour que Toussaint se sente inclus. Alors la soirée, c'est essentiellement pour le gamin et puis sans doute aussi pour la famille de David. Après tout, ils l'ont cru mort pendant presque un an. C'était la moindre des choses qu'il leur laisse faire une fête pour célébrer son retour dans le monde des vivants.

David n'a jamais dû raconter aux membres de sa famille que si nous avons dû mettre en scène sa mort, c'est parce que Mimi ne pouvait pas se contenter de subtiliser la clef comme il le lui avait demandé. C'est parce qu'elle a pris une initiative stupide qui a failli faire capoter toute notre opération.

Le jardin se remplit. À voir l'âge des invités, il s'agit surtout d'amis de la mère de David. La commissaire Black bavarde avec une superbe blonde – Catherine quelque chose – elle fait aussi partie de l'unité spéciale. Je regarde à nouveau autour de moi sans pouvoir trouver le partenaire de Catherine. Peut-être l'a-t-elle laissé tomber. C'était un crétin prétentieux pour qui j'avais ressenti une antipathie immédiate. Elle, par contre, c'est une futée. Elle mérite mieux.

La commissaire Black remarque que je l'observe et accroche mon regard. Elle penche la tête vers la maison m'invitant à l'y rejoindre. Je la laisse partir en premier, puis je la suis.

6

SALLY

Je suis la première à remarquer Juliya et Prince qui s'approchent de la piste de danse, main dans la main. Oh oh ! je me demande quelle va être la réaction de ses frères ! Alors que nous tournons, Everest les aperçoit à son tour et grogne.

— Est ce que tu viens de grogner ? je demande en tentant de réprimer le fou rire qui me gagne. Je n'arrive pas à croire que tu aies fait cela.

Le visage d'Everest se détend un peu et le coin de sa bouche se soulève.

— Je crois bien que oui.

Je pose une main de chaque côté de son visage pour qu'il me regarde. Je n'ai aucun doute sur le fait qu'il pourrait résister à ma demande, mais il suit le mouvement et pose les yeux sur moi avec étonnement. Cela fait-il si longtemps qu'il est entouré de femmes soumises qu'il a oublié qu'il existe d'autres sortes de femmes ?

— Tu te rends compte que ta sœur est une femme adulte ?

— Une femme adulte sans cervelle, rétorque-t-il.

— Au contraire, je crois que ta sœur est plutôt intelligente. Et bien que Dmitry ne soit pas mon genre, je dois reconnaître qu'il est plutôt bel homme.

Everest fulmine.

— Quelle sorte d'amie es-tu ? Tu n'en veux pas pour toi, mais il est assez bien pour ma sœur ?

— Ne monte pas sur tes grands chevaux, monsieur le donneur de leçon !

Je prends une longue inspiration pour me calmer. Je suis mortifiée par le fait qu'il remette en cause mon amitié pour sa sœur. Sans m'en rendre compte, j'ai serré les poings sur son tee-shirt.

— Je n'ai jamais dit qu'il n'était pas assez bien pour moi. J'ai dit que ce n'était pas mon genre. Ce n'est pas la même chose du tout ! Toi et Prince vous êtes tous les deux des dominants, et moi, je n'aime pas les dominants, je ne les ai jamais aimés, et ça n'est pas près de changer. Je veux un partenaire, pas un maître.

— Et tu penses que ma sœur n'est pas comme toi ?

La curiosité d'Everest a l'air sincère, comme si c'était la première fois qu'il envisageait sa sœur comme un être sexué. Même un homme intelligent avec un diplôme de psycho a du mal à voir clairement ce qui se passe chez lui.

Je relâche le tissu et appuie mes mains à plat sur sa poitrine d'un geste qui se veut réconfortant.

— Oh Everest, je suis désolée ! Je sais que c'est ta sœur et que tu veux la protéger, mais toi, mieux que quiconque, tu devrais comprendre ce qu'elle recherche. Si tu y réfléchis, regarde les modèles masculins avec lesquels elle a grandi. J'ai entendu dire que ton père est l'archétype même du grand méchant dom et puis il y a toi et ton frère. Par quel genre d'homme pensais-tu qu'elle serait attirée ?

Il tourne la tête, apporte une de mes mains à ses lèvres pour y déposer un baiser avant de la replacer sur sa poitrine.

— Je retire ce que j'ai dit Sally. Tu es une bonne amie pour Juliya. J'apprécie le fait que tu la défendes, mais il faut que tu comprennes que ce qui me dérange n'est pas le fait qu'il soit dominant. En vérité, cela me dérange aussi, mais ce n'est pas cela la question aujourd'hui. Ce qui est inacceptable, c'est qu'il soit un membre des Knight…

— Et les Knight et les Tornades sont en conflit. Je sais. Mais d'abord, je suis prête à parier que tu n'en connais même pas la raison. Ensuite, je sais que malgré ses apparences brutes de décoffrage, Prince est homme bien, un mec loyal…

— Ça m'est égal ! Tu ne vois pas la façon dont il la regarde ?

Mais si je ne le vois que trop. Prince n'a pas la mine de l'homme qui veut juste dévorer une femme toute crue. Cette mine-là, je la connais, j'ai été dévorée ainsi par des tas d'hommes pendant que je me déshabillais sur scène. Ce qu'il y a dans le regard de Prince c'est bien autre chose. C'est un peu ce que je crois lire dans les yeux de Slider, enfin parfois. Mais bien évidemment je ne vais pas dire des choses pareilles à Everest.

— Qu'est-ce que tu vas chercher, c'est simplement une danse ou deux. Pas de quoi se mettre la rate au court-bouillon.

— Aucune chance, je ne m'énerve jamais, rétorque-t-il en souriant.

— Tu as compris ce que je veux dire ? lui dis-je en riant.

— Oui et tu as sans doute raison, les probabilités qu'ils se voient à nouveau sont minces, grommèle-t-il entre ses dents.

— Plus que minces, inexistantes.

Sauf si Juliya vient faire un tour au Buisson ardent cette semaine pour me voir danser comme elle m'a dit qu'elle voulait le faire. Prince a remplacé David pour le service d'ordre et il n'est rien moins qu'un parfait gentleman avec les danseuses. Je doute qu'il soit aussi doux et distant de Juliya. À n'en pas douter, ce n'est pas ce qu'elle souhaiterait.

Nous continuons à bouger en suivant le rythme lent de la musique. Everest lance des regards de haine à Prince qui l'ignore. Il semble ensorcelé. Il parle doucement à Juliya qui paraît fascinée parce qu'il lui dit. Everest cesse de me parler, perdu dans ses pensées. Je regarde autour de nous à la recherche de Slider, mais il n'est nulle part. Ce salop s'est tiré sans que j'aie eu l'occasion de lui dire le fond de ma pensée.

— Qu'est-ce qui t'arrive ma douce ? me demande Everest.

Je hausse des sourcils interrogateurs et il répond à ma question silencieuse.

— Il y a quelques secondes, tu étais toute détendue, presque câline, et maintenant tu es raide comme la justice, il s'est passé quelque chose.

Je suppose que je dois véritablement m'être contractée s'il l'a senti. Je fais un effort pour tenter de relâcher la tension.

— Je suis désolée, c'est ce mec...

— Celui qui n'est pas ton mec ?

Il me fait un clin d'œil et cela me fait rire.

— Oui, ce rat puant est parti sans dire au revoir.

Je tente de grogner comme Everest l'a fait il y a quelques minutes, mais le son qui sort de ma gorge ressemble à l'aboiement d'un chihuahua enroué.

Everest me regarde étrangement. Soudain, il comprend ce que j'ai tenté de faire parce qu'il rit si fort que les larmes lui montent aux yeux. Nous arrêtons de danser et son hilarité est contagieuse. Nous nous appuyons l'un contre l'autre pour ne pas tomber de rire. Tout le monde nous regarde et Everest me tire hors de la piste de danse jusqu'à la table vide.

Nous nous posons, et lorsque je reprends mon souffle, je lui dis,

— Merci, cela m'a fait du bien.

— Quand tu veux ma belle, quand tu veux ! répond-il. Maintenant, dis-moi, c'est qui ce mec qui te met dans un tel état ?

— Quelqu'un pour lequel tu ne me donnerais pas ta bénédiction. C'est Slider, le vice-président des Knights.

Everest regarde derrière moi et m'interroge.

— Est-ce que tu me ferais assez confiance pour tenter une petite expérience ?

Je fronce les sourcils. Il prend cela pour un oui parce qu'il se penche en avant et me soulève de ma chaise pour me poser sur ses genoux. Il a une main sur mes fesses et l'autre glisse de ma taille pour se rapprocher... non pour se poser sur un sein. J'attrape son cou pour ne pas perdre l'équilibre et il me serre contre lui avec une lueur malicieuse dans le regard.

— Maintenant, regarde-moi comme si tu rêvais de m'embrasser, m'encourage-t-il, sa bouche s'approchant de la mienne.

La lumière se fait dans ma cervelle d'oiseau. Slider est revenu et Everest a décidé de le provoquer. C'est délicieusement coquin. C'est officiel, maintenant, j'adore les trois membres de la fratrie Hatcher.

Je tiens son visage dans mes mains.

— Là, j'ai vraiment envie de t'embrasser.

— J'espère bien, murmure-t-il, parce que si cet idiot ne t'invite pas à danser ou ne t'arrache pas de mes genoux dans les trente secondes, je vais te montrer à quoi ressemble un baiser digne de ce nom. Qui sait, après cela, tu changeras peut-être d'avis et tu rêveras d'avoir un maître plutôt qu'un partenaire ?

Je lui caresse une joue en répondant.

— J'en doute, mais je veux bien essayer.

7

SLIDER

— Monte, elle t'attend dans le bureau du commissaire Williams, me dit Catherine lorsque j'entre dans la maison. Je reste ici pour que personne ne vous dérange.

— Merci Catherine.

Je grimpe l'escalier jusqu'à un petit palier. Deux des quatre portes sont ouvertes. L'une est manifestement la chambre de Lisa. Sur son petit lit, il y a une pile de vêtements et le sac de Sally. L'autre est de la même taille. Cela a dû être la chambre de David, mais maintenant, c'est le bureau de Steven Williams.

En fin de compte, la rencontre entre le commissaire et Betty aux funérailles est la meilleure des choses qui soit sortie du prétendu décès de David. Qui aurait cru qu'ils formeraient un couple et décideraient de se marier aussi rapidement ?

La pièce est meublée d'un petit bureau et de deux chaises, des étagères couvertes de souvenirs, y compris des trophées de lutte d'il y a un quart de siècle. Ce n'est pas surprenant, Steven Williams a la carrure d'un lutteur.

La Commissaire Black examine les trophées et la ribambelle de photographies encadrées. Sur une photo récente, on peut voir le commissaire Williams en uniforme d'apparat, et près de lui, sa femme et Lisa. La commissaire Black me sourit.

— C'est toujours instructif de voir ce qu'a un homme dans son bureau à la maison.

— Oui, c'est révélateur de sa véritable personnalité. Pas de surprise ?

— Non, c'est un homme qui ne cache rien, répond-elle.

— Bien, j'enfonce les mains dans mes poches et attends qu'elle me dise pour quelle raison elle voulait me voir.

Elle étudie mon visage et me demande :

— Comment ça va, Paul ?

Cela fait tellement longtemps que quelqu'un ne m'a pas appelé par mon nom que je suis presque surpris de l'entendre.

— Pas terrible Martha.

D'habitude je ne l'appelle pas par son prénom, mais comme elle a utilisé le mien...

— Je veux décrocher.

— Alors tu seras heureux de savoir que, pour nous, c'est bon, on te ramène au bercail.

— Quand ?

— Les fédéraux vont fermer le club mardi soir. Je voulais te prévenir au cas où tu aurais des choses à régler. Ton évaluation psy de fin de mission est prévue pour mercredi. Tu dois voir le médecin à l'hôpital de Point Lookout. Si elle donne le feu vert, tu pourras prendre des congés bien mérités.

— En fait je ne veux pas juste décrocher de la mission... — je la regarde pour observer sa réaction — je veux décrocher de la police.

— C'est ce que je craignais, avoue-t-elle en s'affalant sur l'une des chaises. Je comprends. Vraiment je te comprends, mais tu ne dois en parler à personne d'autre.

— Et pourquoi donc ?

Je sens la colère qui monte. Cela fait tellement longtemps que je me contrôle que je ne suis plus certain de pouvoir continuer à le faire jusqu'à la fin de ma mission.

— C'est la hiérarchie, ils vont se poser des questions à propos de ta loyauté, m'explique-t-elle et je comprends qu'elle me dit cela pour mon bien.

Je prends une grande respiration et j'assimile ce qu'elle me dit. La commissaire Black a la réputation d'être quelqu'un de droit. Une commissaire qui est loyale avec ses hommes et qui n'est pas du genre à en jeter un en pâture pour sauver ses arrières. C'est comme cela qu'un de mes amis me l'avait décrite lorsqu'elle a pris la direction de l'Unité.

— Ce que je te propose, c'est de prendre tous les jours de congés auxquels tu as le droit. Lorsque viendra l'heure de reprendre, tu pourras demander un congé sans solde. Compte tenu du temps que tu as accepté de passer en infiltration, personne ne pourra te le refuser. Si tu en as les moyens, prends six mois, un an même, et il sera toujours temps de prendre une décision à la fin de ton congé.

Je réfléchis à ce qu'elle me propose en examinant les livres sur l'étagère. Le commissaire Williams a des lectures variées. Il y a de la poésie, des biographies d'hommes politiques américains, *L'Art de la guerre* et puis une belle édition reliée cuir du *Kamasutra*.

La commissaire garde le silence un moment avant de poursuivre son explication.

— À la fin de ton congé sans solde, si tu décides de quitter la police, personne n'y prêtera attention. Ce sera sans importance. Si tu le fais maintenant, ils auront des doutes à ton sujet. Ils ne te laisseront pas partir comme cela, ils voudront savoir pour quelle raison tu t'en vas.

— Merci d'être aussi directe avec moi. Je vais y penser.

Et vraiment il faut que j'y réfléchisse. Cette femme ne serait pas là où elle est aujourd'hui si elle n'avait pas bien mené sa barque à travers les eaux traitresses du service.

— Bon, c'est tout. Mercredi après ton rendez-vous, tu

seras un homme libre, conclut-elle. En attendant, soit prudent.

— Merci commissaire.

Je redescends les marches doucement, la commissaire sur mes talons.

Catherine qui montait la garde sur le palier m'interpelle.

— Ça va ?

Son regard inquiet me fait prendre conscience du fait que je dois faire une drôle de tête. Je force un sourire sur mon visage pour lui répondre.

— Tout roule ! — ma réponse joyeuse semble l'inquiéter plus que la rassurer — vas-y, j'ai besoin d'une minute pour réfléchir.

Je les laisse rejoindre les autres invités et fais les cent pas dans la cuisine. J'ai besoin d'une bière, ou de deux, ou mieux encore, d'un peu de tequila. Je sors en direction du jardin par la porte de la cuisine en me demandant si je dois retourner passer un moment au Buisson Ardent ou pas. Sans doute que non. Il n'y a rien là-bas dont j'ai vraiment besoin, enfin une fois récupérés mon arme de service et mon badge. Je n'ai pas vraiment besoin de retourner au club-house des Knights, mais j'irai tout de même. Mes frères ont toujours été super avec moi. Je leur dois de partir correctement. Je vais filer ma démission du poste de vice-président et puis... c'est quoi ce bordel ?

Sally est sur les genoux d'Everest et ce salop semble être

sur le point de l'embrasser. Elle est tout sourire, tenant son visage entre ses mains. Avant même de prendre le temps de réfléchir à ce que je vais faire, j'ai traversé le jardin et l'ai remise debout sur ses pieds. Elle est face à moi, la tête penchée de côté comme si elle était surprise de me voir.

— Qu'est-ce que tu fabriques ?

Mon ton est bien plus agressif que je ne le souhaitais.

— Qu'est-ce que cela peut bien te faire ? rétorque-t-elle.

— Tu vas la laisser te parler sur ce ton mon pote ? me demande Everest. Si elle était à moi, elle ne s'en tirerait pas sans une bonne fessée !

Et pour la première fois de ma vie, je me demande si une fessée n'est pas la réponse appropriée pour sanctionner ce genre de conduite. Sauf que, si j'ai bien compris ce que les gens racontent à propos de ce genre de relation, le dominant ne doit jamais réagir sous le coup de la colère, et là, je suis plus qu'en colère, je suis fou de rage. Mais je ne sais pas véritablement pourquoi. Je ne peux pas être en colère contre Sally parce que j'ai toujours repoussé ses avances. Je ne peux pas être en colère contre Everest parce que, pour lui, elle n'était pas chasse gardée. Alors je ne peux être en colère que contre moi-même pour m'être placé dans cette situation absurde.

— Suis-moi, je lui dis en lui prenant la main et en retournant vers la maison.

Je suis presque surpris qu'elle le fasse sans hésitation et

ce jusque dans la chambre de Lisa. Je claque la porte derrière nous et tire le loquet. Je pose les mains sur ses épaules et la colle au mur. Elle est un peu essoufflée et ses pupilles sont dilatées. Elle me jette le regard langoureux avec lequel elle me torture depuis bien trop longtemps et qui confirme que je n'ai qu'à me pencher pour la cueillir. J'adore ce regard. Je veux continuer de le voir dans ses yeux pour toujours.

Je ne suis pas certain de ce qu'elle pensera lorsque je lui dirai qui je suis véritablement. Est-ce que cela changera quelque chose pour elle ? Je n'en sais rien. Alors je continue de la regarder pendant une minute pour graver cette expression dans ma mémoire. Qui peut savoir où tout cela va nous mener ? Mais bordel, je la veux, et je vais la prendre maintenant.

~

8

SALLY

Mon cœur bat si fort que je vais mourir s'il ne fait rien dans les trente secondes. Il me regarde comme si c'était pour la dernière fois et cela me fait peur. Je n'ai jamais tenu à quelqu'un comme je tiens à lui. Quand je suis honnête avec moi-même, je reconnais que c'est bien plus qu'un simple béguin. Ce n'est rien d'autre que de l'amour. J'ai beau me dire que tout ira bien si je ne le revois jamais après avoir quitté le club, je sais bien que ce n'est pas vrai.

Je prie pour que ce que je vois dans ses yeux d'onyx ne soit pas un mirage. Mon regard se pose sur sa bouche et toute ma vie est suspendue à ses lèvres. Le dos au mur, je le regarde en savourant la pression de ses mains sur mes épaules.

Le temps s'est arrêté et je ne sais plus si nous sommes là depuis une minute ou depuis plus longtemps. Quelle importance. Je tourne une page et j'ai la vie devant moi. Je voudrais tellement qu'il en fasse partie. Combien de temps va-t-il lui falloir pour comprendre à quel point nous allons bien ensemble ?

Il suffit qu'il m'effleure du bout des doigts pour me couper le souffle. Lorsque je me colle derrière de lui en balade sur sa moto, c'est le bonheur. Mais je veux plus, beaucoup plus.

Aimer cet homme est une leçon de patience.

Je ferme les yeux et me concentre sur ma respiration. Rien ne presse. Nous sommes ensemble, tout va bien. Je le respire. Il sent le cuir, le bois de santal et peut-être un peu la bière aussi. Quand il se décide enfin, je suis surprise. Ses lèvres se posent sur les miennes. Juste une caresse, douce et légère comme une plume. Je gémis de frustration.

— Sally, murmure-t-il. Sally, bébé.

Mes yeux s'ouvrent et un timide sourire nait sur mes lèvres. Je suis submergée par mes émotions.

— Je te veux... tellement, grogne-t-il. Assez attendu... à moi...

Le ton de sa voix me fait fondre. Je ferme les yeux à nouveau et deux larmes s'échappent.

— Ne pleure pas !

Je veux lui obéir, mais plus de larmes s'échappent. Je n'ai pas attendu en vain. Un barrage cède. Je ne peux plus m'arrêter. Il me tire contre lui, pressant mon visage sur sa poitrine. Je le prends dans mes bras et le serre fort pendant qu'il me berce.

— Tout va bien bébé, tout ira bien.

Un million de questions se bousculent dans ma tête. Pourquoi a-t-il attendu ? Pourquoi me dit-il que tout ira bien ? Je garde mes questions pour moi. Ce n'est pas le moment. L'instant présent est magique. Il y aura un avant et un après cet instant. Il est précieux et rien ne doit le gâcher.

Je prends une grande respiration et puis une autre encore jusqu'à ce que mes larmes cessent. Je relève mon visage pour recevoir notre premier baiser. Ses lèvres se posent sur les miennes et c'est encore plus magique que dans mes rêves. Le baiser de Slider est d'abord tout doux, tendre et plein d'amour. Il est si délicat que je fonds contre lui. Lentement mon corps s'alanguit et lorsqu'il est presque liquide, comme s'il attendait cet abandon, Slider se transforme en conquérant. Il me submerge. Il me soulève et me recolle au mur.

Je passe mes bras autour de son cou et enroule mes jambes sur ses hanches. Je regrette qu'il ne soit pas possible de faire disparaître nos vêtements par magie. Je veux sentir sa peau contre ma peau. Je le veux en moi. Je le veux tellement que je me frotte contre lui sans retenue et il en fait de même. Nous sommes comme deux adolescents en folie, mimant l'amour avec des épaisseurs de vêtement entre eux.

Ma respiration est si haletante, je n'arrive pas à croire

dans quel état je suis. Sans rompre le baiser, il s'attaque à l'ouverture de mon jean et glisse une main dedans. Il lui suffit de faire pression sur moi pour que je m'envole. Je mords le cuir de sa veste pour ne pas crier.

Je pose ma tête sur son épaule pour reprendre mon souffle. Quand je peux à nouveau parler, c'est pour lui dire que je veux plus encore, avec une voix que j'ai du mal à reconnaître comme étant la mienne.

Il rit doucement et recule un peu son visage pour me regarder.

— Déjà prête à recommencer ?

Je hoche la tête et sa main glisse plus bas dans mon pantalon. Ses doigts partent en exploration ; un, puis deux, se faisant aventureux, puis il s'immobilise en jurant.

Je fronce les sourcils et prends conscience d'un bruit que mon cerveau avait refusé d'enregistrer. Lisa et Juliya montent les escaliers.

— Tu ne penses pas qu'elle serait partie sans nous dire au revoir ? demande Juliya.

— Non, je suis certaine qu'elle est ici, lui répond Lisa. Tu vois, la porte est close.

Slider et moi restons immobiles.

— Merde, elle est fermée à clef.

Elle frappe et parle plus fort.

— Sally tout va bien ?

Slider enfouit sa tête dans mon cou et grogne.

Qu'est-ce qu'ils ont ces mecs à faire des grognements d'ours ?

Je retrouve ma voix.

— Je vais bien. J'arrive dans une minute.

Je les entends murmurer et glousser de l'autre côté de la porte.

— Tu es sûre que tout va bien poulette ? insiste Juliya.

J'entends l'ironie dans sa voix et j'imagine parfaitement le sourire narquois sur son visage. Je me promets qu'un de ces jours je lui ferai payer pour cela.

— Oui, je vais parfaitement bien.

Je tente d'avoir un ton calme et détendu.

— Parce que si tu avais un souci, je peux appeler mes frères.

— Fiche le camp !

L'exaspération dans ma voix traduit à peine le niveau de frustration que je ressens, la main de Silder toujours présente, mais immobile au creux de mon entrejambe.

— D'accord, nous t'attendons en bas, m'indique Lisa.

Je les entends partir, le bruit de leurs rires s'éloigne.

Je n'ai aucune envie de les rejoindre, surtout pas maintenant, alors que je suis dans tous mes états, mais je tente tout de même de me libérer de l'étreinte de Slider parce ce que c'est ce que je dois faire. Être raisonnable, c'est nul !

Mais Slider ne me lâche pas et c'est une bonne chose parce que je suis un peu faible sur mes jambes. Il me maintient d'un bras puissant pendant que ses doigts bougent doucement en moi, comme s'il cherchait un point précis et quand il le trouve, j'en perds le souffle et crie :

— Oh oui !

J'ai crié bien plus fort que je ne voulais, mais j'ai perdu tout contrôle. J'ai le cerveau en fusion et je ne suis plus qu'une gerbe d'étincelles, un feu d'artifice déclenché par le talent magique de Slider.

Il me redresse et puis me pose sur la pile de robes jetées sur le lit de Lisa. Il s'agenouille à mes côtés.

— Je crois que tu dois faire quelque chose pour ton maquillage, observe-t-il en me caressant les cheveux. Ah, et puis, tu ne retourneras plus au club.

Avant que j'aie le temps de demander pourquoi, il m'explique :

— Les fédéraux vont confisquer l'immeuble parce qu'il appartient aux Wizards.

— Je m'en doutais un peu à cause de leurs bureaux à l'étage, je lui réponds.

Et puis je fronce les sourcils en tentant de me rappeler ce que j'ai dans mon vestiaire.

— Et toi ? Est-ce que tu peux y retourner ?

— Oui. Pourquoi ?

— Parce qu'il y a une chose que je voudrais vraiment récupérer.

— C'est quoi ? demande-t-il.

— C'est une photo de Kim, Josette et moi. Un client l'avait prise avec un Polaroid mon premier soir au club. Je l'ai promise à Toussaint et je n'ai pas eu l'occasion de la lui donner. Le pauvre gosse a tellement peu de photos de sa mère.

— D'accord, je la récupèrerai pour toi. Mais maintenant je vais te ramener cher toi et...

Je prends sa tête entre mes mains pour lui répondre.

— J'ai du mal à croire que c'est moi qui dis cela, mais on ne va nulle part pour le moment. J'ai promis à Mimi que je resterais au moins jusqu'à ce qu'elle coupe le gâteau.

Slider soupire et se penche sur moi pour mordiller mon cou. Il a de l'appétit, mais pas pour un gâteau. Le contact de ses lèvres me fait frissonner, mais je reste résolue.

— Tu m'as fait attendre tellement longtemps, ce n'est que justice que je te fasse attendre quelques heures !

— Je me moque bien de la justice, grogne-t-il et il m'embrasse à nouveau avant de me laisser repartir.

9

SLIDER

J'observe Sally se remaquiller et passer un coup de brosse dans ses boucles brunes. Dommage, j'aime bien ses cheveux lorsqu'ils sont en bataille et annoncent au monde qu'elle vient de passer un moment un peu chaud. Je l'embrasse encore une fois avant de la laisser redescendre. Je la suis une minute plus tard.

Les invités plus âgés se sont installés à l'une des tables les plus grandes, et Toussaint, avec quelques autres gamins, a pris la petite table d'assaut, laissant la dernière grande table pour les amis des mariés. Ce serait parfait si nous n'étions pas un groupe si disparate.

Mimi fait face à la table avec un bout de papier dans la main. Oh ! elle a préparé un plan de table. L'atmosphère est un peu tendue. David, à côté de Mimi, pas de surprise. À sa gauche à lui, Lisa et Ice, ensuite Catherine et Everest, Sally et moi et enfin Juliya et Prince. Mimi a l'air très contente d'elle et je me demande si le soupir de soulagement de Sally n'est pas un peu prématuré. Everest, Catherine et David savent que je suis un policier, mais pour les autres, je suis un Knight. À moins que David l'ait dit à Mimi.

Nous nous apprêtons à nous asseoir à nos places bien sagement lorsque Mimi suggère que nous allions nous servir. Comme nous sommes tous très disciplinés, nous lui obéissons. Est-elle toujours aussi directive ou essaye-t-elle juste de tout prendre en main pour éviter une effusion de sang le jour de son mariage ? J'ai bien peur cependant qu'autoritaire soit sa vraie nature. David nous le dira bien assez tôt.

Au buffet, Sally est bien plus téméraire que moi. Elle se sert du curry haïtien que Mimi a préparé. Juste le fait d'en renifler l'odeur a dégagé mes sinus. Ce sera sans moi !

— Mais c'est le plat préféré de Toussaint, me dit Sally. Tu vas le goûter, non ?

— Une bouchée dans ton assiette, je lui dis, en espérant qu'elle oubliera. Je suis plutôt du genre steak, pommes de terre.

— Alors c'est ton jour de chance, me dit David en m'invitant à le suivre. De l'autre côté du jardin, il y a un cuisinier, à côté d'un énorme barbecue. Il y a de superbes morceaux de viande qui marinent. Un énorme steak grésille sur le gril et pendant que nous attendons qu'il soit cuit, David me demande :

— Comment cela s'est passé avec Black ?

— Bien, ils me rappellent.

Je garde les yeux rivés sur la viande comme si c'était le spectacle le plus extraordinaire que j'ai vu.

— Tu sais ce que tu vas faire après ? me demande-t-il.

Son ton est un peu inquiet. Il n'est pas resté en immersion très longtemps, mais il semble avoir bien compris que ce n'est pas si facile de revenir à la normale, quelle que soit la normale.

— Je vais prendre les jours de congé qu'on me doit, je lui réponds.

— Oui, bien sûr. Mais après ?

— Je n'en ai aucune idée. Pourquoi tu demandes ?

— Je réfléchis aussi et je me demandais ce que toi, tu pensais.

— Eh bien, si tu comptes sur moi pour t'aider à y voir clair, tu n'as pas sonné à la bonne porte !

Le cuisinier a retiré la viande du gril et tranche le morceau, qui semble parfaitement tendre et saignant, dans un plat.

— Je vois. Moi, j'aurais peut-être une proposition pour toi, dit-il en se rapprochant du plat.

Nous nous servons et je le suis. David ne dit rien de plus, plongé dans ses pensées jusqu'à ce que nous rejoignions la table. Il affiche à nouveau un sourire parfait et plonge dans la conversation en cours. Sa femme parle de la maison dans laquelle ils viennent d'emménager.

Sally se rapproche de moi et me fait un résumé.

— David et Mimi ont emménagé dans la maison du commissaire Williams. Il allait la vendre, mais il a décidé d'attendre, des fois que Lisa ou David auraient voulu réclamer la maison de leur père.

Je hoche la tête et découpe la viande dans mon assiette. J'en pique un bout avec ma fourchette et porte la bouchée aux lèvres de Sally. Visiblement surprise par mon geste, elle ouvre la bouche, et quand elle commence à mâcher, elle pousse un soupir qui me frappe en dessous de la ceinture. Une goutte de la sauce est restée sur ses lèvres. Je l'essuie avec mon pouce, et joueuse, elle attrape ma main et suce mon doigt pour le nettoyer. Mon jean vient de rétrécir de deux tailles à l'entrejambe.

Sally me jette un regard par-dessous ses longs cils noirs.

— C'était délicieux. Je pourrais en avoir une autre bouchée ?

C'est sûr, elle sait comment me mettre en appétit.

— Vous deux, vous avez fait un câlin après vous êtes réconciliés ? nous demande Mimi.

— Eh bien, nous avons bien fait un câlin, lui répond Sally. Mais comme nous ne nous étions pas disputés, nous n'avons pas encore eu la possibilité de nous réconcilier.

— Dommage, dit Mimi en attrapant la main de David. C'est parfois drôle de se réconcilier.

David la regarde et fronce les sourcils, la mine étonnée.

— Nous nous sommes déjà fâchés ?

— Pas tout à fait. Nous avons disparu tous les deux pendant un an. Cela fait comme une dispute après laquelle il faudrait se rabibocher, non ?

David rit.

— Oui, c'est vrai, il a fallu rattraper le temps perdu !

— Assez ! proteste Juliya.

— Tu ne crois absolument pas au romantisme, note Lisa. David était comme toi. Il se moquait de moi tout le temps et maintenant, regarde-le.

— Oui, tu l'as contaminé. Et Sally aussi est victime du virus, soupire Juliya. Je me demande s'il restera une personne avec assez de bon sens pour m'achever si jamais je deviens aussi ridiculement guimauve que vous.

Le ton exagérément dramatique de Juliya nous fait tous sourire.

— T'inquiète, bébé, lui dit Everest. Tu pourras toujours compter sur moi pour te ramener à la réalité, surtout si cela me donne l'occasion de mettre en pièce le crétin qui t'aura mise dans cet état.

Nonobstant la façon badine dont il parle, je suis certain qu'il est sincère. Juliya n'est pas près de trouver un petit camarade de jeu de sitôt. Je l'ai entendu raconter à Sally que la plupart du temps, lorsqu'elle traverse le domaine du club des Tornades, elle a l'impression d'être la femme invisible.

Mais Prince pose une de ses larges mains sur celle de Juliya. Ce Knight ne se laissera pas intimider.

— Si un jour tu as besoin de moi, princesse, je serai là.

Les sourires d'Ice et Everest s'effacent avant que Prince n'ait achevé sa phrase.

Du coin de l'œil, je vois Lisa poser une main apaisante sur le poing d'Ice.

— Il faudra d'abord me passer sur le corps.

Everest a à peine le temps de murmurer sa phrase que Catherine l'interroge.

— Est-ce que le règlement interdit à deux policiers de danser ensemble ?

— Non, je ne pense pas, lui répond David, apparemment heureux que quelqu'un fasse diversion.

— Et d'ailleurs, je ne suis même pas certaine que les règles interdisant les relations privées entre collègues résisteraient à un procès, ajoute Lisa.

Je secoue la tête en pensant : *ah ces avocats !*

— Bien, alors je peux t'inviter à danser, propose Catherine à Everest.

— Avec plaisir, accepte-t-il, en se levant immédiatement.

L'homme bien élevé prend le pas sur le frère, et il lui tend la main pour l'aider à se lever.

En repoussant sa chaise, Catherine s'explique.

— Tu me crois si je te dis qu'il faut toujours que je sois celle qui invite ? Il semble que le fait que je porte une arme a tendance à décourager la plupart des mecs...

Le reste de sa phrase se perd dans le bruit ambiant.

Lisa qui a manifestement entendu ce qu'elle disait remarque :

— C'est incroyable. Enfin, Catherine est une femme superbe ! J'aurais cru qu'elle passait son temps à chasser les mecs.

— Bien des mecs sont intimidés par des beautés aussi spectaculaires, dit Prince, démontrant qu'il a déjà réfléchi à la question. La plupart du temps, il se comporte comme s'il n'était rien qu'une splendide machine à tuer, mais en vérité, il est plus que cela. Il a aussi un cerveau.

10

SALLY

À peine Everest et Catherine partis, l'atmosphère est moins tendue autour de la table. C'est vraiment bizarre, Everest a décidé de rentrer dans la police, plutôt que d'être un membre à temps complet des Tornades d'Acier, et pourtant, le fait de voir sa sœur avec un membre d'un autre club de motards semble le contrarier plus qu'Ice qui est le vice-président des Tornades. Il doit y avoir quelque chose qui m'échappe. Sans doute en relation avec leurs préférences.

Slider est silencieux, enfin plus silencieux que d'habitude. J'ai peur qu'il ne soit en train de changer d'avis… Je le regarde du coin de l'œil, alors qu'il écoute David raconter sa vie au Canada, et à quel point il déteste le froid. Slider remarque que je l'observe et se penche contre moi. Une de ses mains se pose sur ma cuisse quelques secondes et ce simple contact me fait frissonner. Sans doute le souvenir de ce que ses doigts agiles peuvent faire. Je crois que je suis en train de rougir.

David arrête de parler pour servir du vin à Mimi, et Slider se tourne vers moi.

— Tout va bien ?

Je hoche la tête en souriant.

— Pas de regret ? me demande-t-il.

Je fronce les sourcils en me demandant quels regrets je pourrais avoir. En dehors de celui d'avoir attendu aussi longtemps pour qu'il se décide. Je pense que ce n'est pas ce dont il me parle.

Il m'attrape par la nuque et me tire contre lui pour murmurer à mon oreille.

— On pourrait ne pas attendre le gâteau et tu me servirais de dessert. Maintenant.

Je sens le rouge me monter aux joues et quand il me relâche, je me demande à quoi ressemble le sourire que j'ai sur le visage. Sans doute éclatant, car Everest, qui revient et tire la chaise de Catherine pour lui permettre de s'asseoir, me fixe avec un éclair malicieux dans le regard. Puis, en entendant Juliya glousser, je réalise que je suis sans doute rouge écarlate, mais je m'en moque. Voilà, je m'en tape joyeusement parce que je sais maintenant qu'il a autant envie de moi que moi de lui. Mon cœur s'envole et j'ai des sentiments qui conduiraient Juliya à faire semblant de vomir si je les lui décrivais.

— Tu danses ? je demande à Slider.

— Non, c'est pas mon truc.

Il s'approche à nouveau de moi et ajoute doucement.

— Je n'ai rien contre être debout et te laisser te frotter contre moi, au contraire, mais pas en public.

— Oh !

C'est tout ce que je suis capable de répondre. Je n'ai plus en tête que l'image qu'il vient de faire apparaître à mon esprit et il y a cette grosse boule de chaleur qui brûle en moi. Je ferme les yeux et je soupire. Je suis récompensée par une bise sur le nez qui me donne l'impression d'être un chaton. C'est pas mal d'être un chaton. Oh, merde ! Chaton et les autres danseuses du club, elles vont être au chômage.

— Tu l'as dit aux autres, je demande.

Slider me fait les gros yeux et je ne sais pas pourquoi.

— Qu'est-ce qu'il aurait dû nous dire ma douce ? demande Prince.

— Ce que j'ai prévu de lui faire dès que Mimi aura tranché son gâteau, Slider répond pour moi.

Juliya et Catherine éclatent de rire en entendant cette réponse absurde, mais Prince ne perd pas le nord. Je peux voir qu'il n'est pas convaincu par cette réponse sarcastique. Prince sait parfaitement que si lui, il est du genre à se vanter de ce qu'il va faire à une nana, ce n'est pas du tout le style de Slider. La réponse ne colle pas. Slider se lève, regarde Prince et penche la tête en direction du gril.

— Je vais chercher un autre morceau de viande. Quelqu'un d'autre en veut ?

— Je vais faire le plein aussi, annonce Prince en se levant. Tu aimes ta viande comment ? demande-t-il à Juliya.

— Je peux parfaitement aller me servir toute seule, lui répond-elle sèchement.

— Mauvaise réponse, ma fille.

Il la toise et Juliya le regarde dans les yeux, défiante. Je commence à compter dans ma tête et j'ai le temps d'arriver jusqu'à quinze avant qu'elle ne cède et baisse les yeux.

— Saignante s'il te plait.

— Tu vois, ce n'était pas si difficile.

C'est maintenant au tour de Juliya de rougir. Je détourne le regard pour ne pas ajouter à son embarras. Ce faisant, je peux observer les expressions d'Everest et d'Ice qui regardent leur sœur. Il y a de la surprise, c'est certain, Juliya ne cède jamais devant personne d'habitude, mais il y a autre chose. Peut-être un mélange d'antipathie, mais aussi de respect pour Prince ?

Pendant que Slider et Prince quittent la table, David fait diversion.

— Alors, tu as fait une très bonne impression à Patricia. Elle a hâte de te voir rejoindre l'Amicale Pression.

Cet homme est adorable.

— C'est un nom marrant, qui est ce qui en a eu l'idée ?

— C'était Cracker, dit Ice.

— C'est ton père, non ? je lui demande et il hoche la

tête. Toi, Everest et Juliya vous l'appelez toujours Cracker ?

— Je me souviens que je l'appelais papa quand j'étais petite, répond Juliya, pensive. Je ne peux pas me rappeler quand ou pourquoi j'ai arrêté.

— Il a dû nous laisser faire un moment, sans doute pour que nous comprenions qu'il était bien notre père, explique Everest tendrement à sa sœur. Tu as dû passer à Cracker pour faire comme nous.

— Il n'y a rien de plus naturel pour une petite sœur que de vouloir faire comme ses frères, je note, puis me mort la langue.

La dernière personne dont je veux parler c'est de mon frère. Je ne veux pas qu'on me pose des questions à propos de ma famille. C'est toujours la règle, et aujourd'hui plus que jamais. C'est une histoire trop triste et trop épouvantable pour être racontée à une fête de mariage.

Je jette un regard de détresse à Juliya qui est sur le point de me demander quelque chose ; probablement si j'ai aussi des frères. Je secoue légèrement la tête pour lui dire non silencieusement tout en sachant que je me condamne à devoir tout lui raconter. Plus tard, je vais passer à la question.

— Je suis ravie à l'idée de travailler avec toi, dit-elle. Je suis soulagée. Patricia est très autoritaire alors ce sera vraiment agréable d'avoir quelqu'un avec qui parler normalement.

— Quelqu'un te pose problème ? demande Ice à sa

sœur d'un ton protecteur.

— Juste toi. Tu dois engager plus de monde. Je m'inquiète lorsque je te vois partir tout seul sans renfort, lui répond Juliya.

J'observe Everest et Catherine qui ne sont pas restés longtemps absents. Cela n'a pas dû bien se passer parce qu'elle a une drôle d'expression. Personne d'autre que moi ne semble le remarquer. La conversation se poursuit.

— Oui, j'y travaille, dit Ice. Mais il semble que la police avec sa paie minable, ses magouilles politiques et ses patrons caractériels garde encore un grand pouvoir d'attraction pour les mecs à qui je demande de rejoindre mon équipe.

— Les mecs… bougonne Catherine entre ses dents. Bien sûr !

Ice penche la tête vers elle.

— L'Amicale Pression n'est pas une entreprise machiste, Catherine. J'ai dit les mecs parce que c'est une façon de parler. Je ne demanderais pas mieux que d'engager une femme. Est-ce que je pourrais avoir mes chances avec toi ?

— Je pourrais l'envisager.

À l'entendre, il n'a qu'à demander.

— Alors je t'appellerai pour qu'on en parle, l'avise Ice. Peut-être seras-tu plus facile à convaincre que mon propre frère.

11

SLIDER

Enfin ! J'ai cru que Mimi ne couperait jamais cette saleté de gâteau. La dernière fois que j'ai été aussi impatient de voir arriver le dessert, cela devait être pour mon septième anniversaire. Honnêtement, le gâteau n'était pas mauvais, mais mon dessert est pour plus tard.

Étrangement, cela prend bien plus de temps pour Sally que pour moi de féliciter à nouveau le jeune couple et de remercier la maîtresse de maison. À se demander si elle ne fait pas exprès de trainer.

Pendant qu'elle monte dans la chambre de Lisa pour chercher son sac à main, Prince dit au revoir à Juliya dans le salon. Il l'a coincée dans un coin de la pièce, hors de la vue de tout le monde, si ce n'est moi. Je me retourne, histoire de voir si l'un de ses frères n'arrive pas. Ils se parlent à voix basse jusqu'à ce que Sally redescende.

— Je suis prête, m'annonce-t-elle et son sourire est à couper le souffle. On y va ?

— Une minute bébé, on attend Prince.

Sally lève les sourcils.

— Où est-il ?

— Je suis là ma cocotte, on peut y aller.

De là où elle se tient, Sally ne voit que Prince. Elle ne réalise pas que son amie est debout, dans un coin du salon, l'air un peu perdu. Juliya pourrait sans doute profiter du soutien de Sally, mais cela m'est égal. Elle est à moi et je ne partage pas, surtout pas ce soir.

J'ouvre la porte et laisse Sally et Prince sortir en premier. Lorsque je me retourne pour fermer derrière moi, l'expression sur le visage de Juliya me culpabilise un peu. Pas assez cependant pour revenir sur mes pas et m'assurer qu'elle va bien. Après tout, elle appartient aux Tornades et c'est à eux de surveiller leur propriété.

— On va au Buisson Ardent, dis-je à Prince. Il y a des trucs qu'il faut que je récupère avant qu'ils fassent une descente sur la boite et la ferme.

— Je viens avec vous, j'ai des choses dans mon vestiaire que je préfère ne pas laisser derrière moi.

Je soupire. Compte tenu de la question posée par Sally pendant le dîner, je n'ai pas eu le choix, il a bien fallu que je dise à Prince que j'avais appris que les fédéraux allaient nous fermer la boite la semaine prochaine. Je ne sais pas ce qu'il a de planqué dans son vestiaire, mais ce n'est sans doute pas quelque chose qu'il souhaite voir tomber entre les mains de la police. A posteriori, c'est une bonne chose qu'elle ait parlé.

C'est la tombée du jour, l'heure que je préfère pour les balades en moto. Sally est collée contre moi, ses formes douces se moulent parfaitement contre les miennes, comme si elle avait été conçue pour cela.

À la seconde, je regrette ne pas être qui je prétends, plutôt qu'un policier en mission. Si c'était le cas, ce soir je serais parfaitement heureux. Une bonne équipe, une nana fabuleuse et une super bécane. Qu'est-ce que je pourrais demander de plus ?

Sauf que l'équipe part en couille, que la nana n'est pas encore tout à fait la mienne et qu'il faut que je lui trouve un nouveau boulot.

À l'arrivée, il y a une moto et une voiture sur le parking, et la porte de la boite est entre-ouverte. Je ne reconnais pas la voiture, mais la bécane est celle de Stallion, le président des Knights. Qu'est-ce qu'il fait là ? Avec qui a-t-il rendez-vous ?

Prince se gare entre la moto et la voiture. Je prends une place plus près de l'immeuble. Pendant que Sally retire son casque, Prince entre dans le club.

— J'en ai pour une minute. Puisqu'on est là, je vais en profiter pour vider mon vestiaire, je crois bien que j'ai un sac dans lequel je peux tout mettre, dit-elle en entrant derrière lui.

— Bien, je n'en ai pas pour long non plus.

J'accroche les deux casques sur la moto lorsque j'entends deux détonations et puis un cri de Sally. Je me précipite, mais quelqu'un a claqué la porte derrière elle. Je perds quelques secondes précieuses à trouver ma clef pour ouvrir.

Je me glisse à l'intérieur et repérant mon ombre sur le sol, je referme derrière moi. Avec la lumière du néon extérieur, je peux me faire tirer comme un lapin.

La porte refermée, la pièce est presque totalement dans l'obscurité, il n'y a que trois spots, au-dessus du bar, qui sont allumés. Au fond de la pièce, je distingue deux silhouettes qui bougent, l'une des deux est Sally.

— Arrête de gigoter sinon je le saigne comme un porc, ordonne une voix d'homme que je ne reconnais pas.

Sally fait un petit bruit et cesse de bouger. Je m'habitue à l'obscurité et je distingue le reflet d'une lame contre son cou. D'accord, il y a un pistolet et une arme blanche.

Je me calme pour résister à l'envie de lui sauter dessus. C'est sans doute ce qu'a fait Prince. Où est-il d'ailleurs ? J'avance jusqu'à me placer dans la lumière du bar, les deux mains levées pour montrer que je ne suis pas armé.

— Qu'est-ce que tu veux ? Il y a peu de liquide ici, mais tout ce qu'il y a est dans le premier tiroir sous la caisse. Si tu veux, je te le donne.

Je prie pour que ce soit un casse qui a mal tourné et que le type qui tient Sally se contente des quelques centaines de dollars de fonds de caisse. Si ce n'est pas le cas, j'ai prévu pour ce genre de cas, une arme dans le deuxième tiroir, juste sous la caisse, et puis mon arme de service est scotchée juste à côté.

— Où est le coffre ? grogne l'homme.

Un pas de plus dans sa direction et je réponds.

— Quel coffre ? C'est une petite boite, nous n'avons pas de coffre. Nous ne saurions pas quoi en faire.

— Ne me raconte pas de conneries. Zach m'a donné les clefs et m'a demandé de prendre le liquide qu'il a dans le coffre avant que les fédéraux ne vous ferment.

J'analyse ce qu'il vient de me dire. Ce n'est pas un cambriolage au hasard. C'est un membre des Wizards qui est venu ici à la demande d'Ezachia Smith, le politicard corrompu qui leur servait de chef et qui semble encore capable de diriger son petit monde depuis sa cellule.

— Écoute, je ne sais pas ce que Zach t'a dit, mais je t'assure qu'il n'y a pas de coffre ici, je lui répète en espérant que ma sincérité apparaisse dans ma voix. A moins bien sûr qu'il s'agisse d'une petite boite que je n'aurai pas repérée, il n'y a pas de coffre.

— Mais j'en sais rien quelle taille elle a, cette saleté de boite !

— Zach ne t'a rien dit d'autre ?

— Si, mais cela n'a ni queue ni tête, lorsqu'il m'a parlé il était défoncé.

— Zach ne se drogue pas.

— Tu veux dire que c'est pas un camé. T'as raison,

mais il s'est fait coincer par deux négros et les bâtards lui ont fait sa fête, alors il était défoncé aux médocs contre la douleur lorsque je l'ai vu.

— Qu'est-ce qu'il t'a dit ?

— Il a dit que le coffre était sous le lit, mais il n'y a pas de putain de lit ici !

— Mais si, à l'étage, Zach avait une chambre.

Un jeu de clefs vole jusqu'à mes pieds.

— Va chercher le fric. Tu as trois minutes, ne perds pas de temps. Sinon je saigne la fille comme j'ai saigné ton pote. En me penchant pour ramasser les clefs, j'aperçois Stallion. Juste au bord du cercle lumineux dans lequel je me tiens, le président des Knights repose dans une flaque de sang, parfaitement immobile. Stallion ne fait aucun bruit, contrairement à Prince dont j'entends la respiration sifflante de façon intermittente.

— Donne-moi cinq minutes, je lui demande. La pièce est petite et c'est le bordel. Il va falloir que je pousse les meubles pour lever le lit.

— Quatre et bouge, le compteur tourne, grogne-t-il.

J'enjambe le cadavre du président des Knights et réalise soudain que c'est moi qui suis le président maintenant. L'ironie du sort ne cessera jamais de me surprendre.

Je grimpe l'escalier pour arriver jusque dans la salle de jeu de Zach. J'allume et renverse le lit. Bordel, sous un troupeau de moutons, il y a une trappe dans le parquet. Je sors mon couteau de ma botte et le glisse entre deux lattes disjointes pour soulever la trappe.

Je trouve une boite en métal. Je tente de la sortir, mais elle doit être vissée dans le trou. J'étudie le trousseau de clefs pour trouver la bonne et en même temps je crie.

— Je l'ai trouvée, elle est vissée au sol. J'ai besoin de temps pour l'ouvrir.

— Il te reste moins de deux minutes, me répond-il.

On ne peut pas discuter avec ce type !

Je me force à rester calme, je rentre la clef dans la serrure et ouvre la boite. J'attrape les rouleaux de liquide et descends l'escalier après avoir remis le couteau dans ma botte.

L'homme est maintenant à côté de la porte. Il a un bras emprisonnant la taille de Sally et l'autre autour de son cou. Je remarque à peine l'arme posée sur son ventre. La seule chose que je vois, c'est le couteau sous son menton et le sang qui s'échappe d'une coupure sur son cou. Merde ! il l'a coupée sans mettre de pression, son couteau est assez effilé pour causer des dégâts sérieux.

— Qu'est-ce que tu veux que je fasse du fric ? je demande.

— Dans son sac, aboie-t-il.

Sally ouvre son sac et se penche un peu pour le tendre vers moi appuyant le couteau un peu plus haut sur sa gorge et faisant apparaître un nouveau rideau de sang sur son cou. Ses mains et les manches de sa veste sont imbibées de sang, mais cela ne semble pas être le sien. Je peux voir qu'elle essaye de toutes ses forces de ne pas trembler. Je lis la terreur dans ses yeux écarquillés.

Je fais un pas en avant pour laisser tomber l'argent dans son sac et le salop glisse la lame sur le cou de Sally l'enfonçant assez profondément pour créer un nouveau rideau de sang.

— Si tu la relâches, j'oublierai à quoi tu ressembles, je lui dis. Mais si tu lui fais quoi que ce soit, je m'occuperai de toi personnellement et je te promets que lorsque j'en aurai fini avec toi, tu regretteras de ne pas avoir été enfermé dans une cellule avec toutes les sortes de métèques.

— C'est compris, répond-il. Je respecte un homme qui protège ce qui lui appartient, alors voilà ce qu'on va faire. Tu ne tentes pas de me suivre et je la relâche demain.

12

SALLY

L'homme continue à presser son couteau sur mon cou alors que nous sortons du club. Je sens un liquide chaud qui glisse le long de ma gorge. Ce bâtard m'a coupée. Maintenant je regrette vraiment d'avoir retiré les chaussures à talons aiguilles que je portais pendant la cérémonie pour mettre des bottines plates. Avec ces talons, j'aurais pu lui exploser les pieds et m'enfuir. Ou alors cela n'arrive que dans les films ?

À un moment il va bien falloir qu'il me lâche, comme pour entrer dans la voiture à moins que... oh non ! Je prie qu'il ne m'enferme pas dans le coffre. Je suis claustro. Non, non, non, pas le coffre.

— C'est toi qui conduis, m'ordonne-t-il.

Il ouvre la porte du côté passager et me fait signe d'entrer. Il m'arrache mon sac et le balance sur la banquette arrière.

— Bouge tes fesses jusqu'à la place du conducteur.

Bon, et bien voilà, c'est une façon de s'assurer que je ne vais pas partir en courant pendant qu'il fait le tour de la voiture.

J'ai une drôle de sensation, un peu comme si j'étais sortie de mon corps. Je suis là, mais ce n'est pas moi. Je m'observe en train de glisser sur la banquette avant jusqu'à la place devant le volant. Je suis toujours terrifiée, mais la peur n'est plus paralysante, mon cerveau a recommencé à fonctionner. Je ne peux plus compter que sur moi-même à partir de maintenant. Il faut que je réfléchisse.

J'envisage d'ouvrir la porte de mon côté pour m'enfuir, mais avant même que j'aie une chance d'ouvrir la portière, il m'a accroché une menotte à un poignet et l'autre au volant. Bon, et bien il faut trouver autre chose ! À l'heure actuelle, ma seule défense, c'est de l'amadouer.

— Vous n'aviez pas besoin de faire cela, je lui dis avec ma voix la plus douce. Vous avez donné votre parole à Slider. Si c'est assez bon pour qu'il ne vous suive pas, c'est assez bon pour moi.

Il me regarde de façon étrange, il doit se demander si je suis aussi idiote que j'en ai l'air ou pas. Je ne bats pas des paupières, mais je baisse les yeux façon soumise et le regarde à travers mes cils.

— Tais-toi et conduis, vocifère-t-il en mettant la clef dans le contact.

— Où allons-nous ? Je lui demande en ajustant le siège.

Ma main droite ne peut pas atteindre le rétroviseur central, alors je n'essaye même pas de le régler. Le levier de vitesse est au volant, les menottes ne vont pas entraver ma conduite.

— Tu verras quand nous y serons, aboie-t-il.

Et comme je ne bouge pas, il se met à hurler.

— Putain, mais qu'est-ce que tu attends ?

— Que vous tourniez la clef de contact, je lui réponds, en levant ma main droite pour lui montrer que je ne peux pas le faire.

— Ah oui, merde, désolé, j'm'excuse ! s'adoucit-il, me surprenant.

Bon, je suppose que sa mère n'a pas tout raté, il est capable d'être poli par moment. Il fait démarrer le moteur et je passe en marche arrière pour sortir doucement de la place, mais il pose son pied sur le mien et accélère alors que je tourne le volant. Les dégâts sont immédiats. Pas seulement sur mon poignet, mais aussi sur la moto de Prince et sur celle qui était garée à proximité. Ce n'est qu'une fois que la voiture a roulé sur les deux roues arrière des motos qu'il relâche sa prise.

Ignorant mes larmes et les grossièretés qui m'ont échappé, il conclut satisfait :

— Comme cela on est sûr qu'ils ne nous suivront pas. Tourne à droite.

La bonne nouvelle, c'est que je n'ai pas roulé sur la moto de Slider. La mauvaise nouvelle, c'est qu'en regardant derrière nous, je ne le vois pas se précipiter à notre poursuite pour me sauver. Est-ce qu'il fait vraiment confiance à ce type pour me relâcher comme il a dit qu'il le ferait ? Ou alors il est resté tenir la main de Prince pour qu'il ne meure pas tout seul.

Je tente d'ignorer tout le sang que j'ai sur les mains et sur ma veste. Si cet homme me laisse vivre, je brûlerai mes habits. Je ne remettrai plus jamais un vêtement qui me rappelle cette journée. Je ne suis même pas sûre d'avoir fait ce qu'il faut pour les blessures de Prince. Je n'ai pas de doute sur le fait que l'autre mec par terre était mort quand nous sommes arrivés. J'ai cru reconnaître Stallion, le président des Knights. Même si Slider ne nous rattrape pas, mon kidnappeur est un mort en sursis. Personne ne peut assassiner un président de club de motards et s'en sortir.

Peut-être que Prince a encore une chance. Oui, si Slider appelle une ambulance et qu'elle arrive à temps.

— Où allons-nous ? je demande à nouveau en le regardant.

— Si tu veux que je te laisse vivre, arrête de me regarder, me conseille-t-il.

Je détourne les yeux immédiatement.

— Sans vouloir vous vexer, je crois que vous n'avez pas à vous inquiéter, je lui dis. Parce que franchement, la première chose que je vais essayer de faire c'est d'effacer cette journée de ma mémoire.

— Parfait, alors ne me regarde plus et tout ira bien.

Tourne à droite au prochain feu et rentre dans la deuxième voie de garage.

Je suis ses instructions et arrive à l'entrée des livraisons d'un centre commercial. L'homme ouvre la boite à gants pour en sortir un boitier qui commande la porte du garage.

Bien que je me concentre pour ne pas regarder de son côté, je ne peux m'empêcher de remarquer, avant qu'il ne referme la boite à gants, qu'il y a une autre arme ainsi qu'un badge ressemblant à s'y méprendre à celui d'un policier. Je dois halluciner, cela ne peut pas le cas. Les policiers ne se baladent pas comme cela en tranchant la gorge des gens comme il a tranché celle de Stallion.

Je rentre la voiture dans ce qui semble être l'aire de stockage d'une boutique abandonnée. Il n'y a rien d'autre que des boites en carton et d'autres détritus d'emballages. Je mets la voiture au point mort, il arrête le moteur et empoche la clef. Il sort de la voiture et allume, puis referme la porte derrière nous. Il ouvre la portière de mon côté et me détache du volant. Je le suis jusqu'à trois marches en béton qui mènent à une porte intérieure. L'entrée de la boutique adjacente ?

Alors qu'il tend le bras pour m'attacher à la rambarde, je proteste.

— Attendez, vous allez me laisser là un moment ?

— Oui, c'est l'idée, sinon je peux aussi te descendre tout de suite.

— Non non, ne changez rien, votre première idée est

la bonne, mais s'il vous plait, est-ce que je peux aller faire pipi avant ? J'ai vraiment, vraiment besoin d'aller aux toilettes.

En attendant qu'il prenne sa décision, je garde les yeux rivés sur ses chaussures, de jolis mocassins en cuir noir parfaitement cirés. Qu'est-ce qu'on dit déjà ? Qu'on voit la véritable nature d'un homme à ses chaussures ? Je ne sais pas ce que révèlent des chaussures parfaitement entretenues ?

— S'il vous plait, s'il vous plait, s'il vous plait, cela ne prendra qu'une minute ! Je le supplie.

— Bon d'accord, capitule-t-il en me trainant vers l'autre côté du hangar. Laisse la porte ouverte.

Les toilettes sont immondes, mais ce n'est pas grave. Quand il faut y aller, il faut y aller ! De l'autre côté de la porte, je l'entends grommeler à propos des femmes et de leur vessie miniature. Je regarde ce qu'il y a dans la pièce pour voir s'il ne s'y cache pas quelque chose d'utile, et ce n'est qu'en déroulant le papier que je trouve. Le machin central qui tient le rouleau ; à l'intérieur, il y a un ressort en métal.

Dans les films, les héros arrivent à ouvrir des menottes avec une épingle à cheveux, le ressort devrait être plus solide qu'une épingle à cheveux, alors qui sait, je pourrais peut-être déverrouiller mes menottes.

Je quitte les toilettes avec le rouleau de papier dans la main et le tube de plastique dans la poche arrière. S'il s'en va et m'abandonne ici toute seule, j'aurai de quoi me tenir occupée.

— C'est quoi ce bordel ? m'interroge-t-il.

J'ai bien envie de le toiser du regard, mais non, je garde les yeux fixés sur le sol.

— C'est pour si jamais je devais rester ici un moment, je lui explique. Je peux vous demander combien de temps vous entendez me laisser moisir ici ?

— Jusqu'à ce qu'ils te retrouvent.

— Je vois.

Il accroche le deuxième bracelet à la rampe. C'est une barre de métal qui va du mur jusqu'au sol. Je vais pouvoir monter et descendre les marches, mais pas m'en éloigner.

— Je peux vous demander autre chose ?

Je regarde ses chaussures s'arrêter et pivoter vers moi.

— J'aurais dû te descendre dans la boite. T'es une vraie plaie.

Je n'arrive pas à savoir s'il plaisante ou pas.

— Bon qu'est-ce que tu veux encore maintenant ?

— Mon sac à main, je réponds doucement.

— Non.

Je ne cache pas ma déception. Il faut que j'apprenne à lâcher prise. J'ai du mal, surtout lorsque je pense que ce que je demande est raisonnable.

— C'est pas grave, désolée.

Les chaussures repartent puis se rapprochent à nouveau.

— Qu'est-ce qu'il a de si spécial ce sac ? demande-t-il.

— Ce n'est pas le sac. Je m'en moque du sac. C'est mon portefeuille avec les cartes de crédit et les papiers. C'est la croix et la bannière de tout refaire. C'est pareil pour mes clefs. Je vis toute seule et personne n'a de double.

Il repart et marche jusqu'à la voiture, se penche pour attraper mon sac depuis la banquette arrière et ouvre mon portefeuille, regarde ce qu'il y a dedans. Il examine mon permis de conduire, puis jette le portefeuille par terre avec mes clefs de voiture.

— Ce sera tout, Votre Altesse ?

Je n'ai pas besoin de lever les yeux pour entendre le sourire dans sa voix. J'ai bien envie de lui dire qu'en fait, j'ai un double de mes clefs de voiture et que ce sont les clefs de chez moi que je voulais qu'il me laisse, mais je crois que j'ai poussé le bouchon assez loin pour ce soir.

Il a beau se conduire comme quelqu'un de raisonnable, il ne faut pas que j'oublie que c'est un tueur sans pitié. Alors je me contente de lui dire.

— Oui monsieur. Merci monsieur.

Il s'en va et c'est avec soulagement que je réalise que j'ai de la chance, il a laissé la lumière.

13

SLIDER

Je regarde ce type quitter le club avec Sally et je sais que je l'ai déjà vu, mais je n'arrive pas à mettre un nom sur son visage. Qui que ce soit, c'est un homme mort. Je n'ai jamais ressenti une telle colère de ma vie. Je passe la porte et le regarde la pousser dans la voiture du côté passager. J'espère qu'elle va avoir le reflex de se sauver quand il va faire le tour de la voiture, mais non, il la pousse jusqu'à la place du conducteur… et maintenant il la menotte au volant.

Je ne peux rien faire pour elle, alors j'allume l'interrupteur central que notre visiteur n'avait pas trouvé. Un coup d'œil rapide à Stallion me confirme qu'il est mort depuis un moment. Mais où est Prince ? Je le trouve allongé derrière le bar. Sa respiration est haletante. Il a pris une balle dans le bras. Cela saigne, mais ce n'est pas la fin du monde. Le problème est qu'il semble en avoir pris une autre dans le ventre, mais je ne sais pas où, parce que quelqu'un a recouvert la blessure avec des torchons.

Tout en l'observant, je prends le téléphone et compose le numéro des urgences pour appeler une ambulance. Je me présente en donnant mon véritable nom et mon numéro de badge.

Je m'agenouille ensuite auprès de Prince. Il a le regard vitreux. Je n'arrive pas à savoir s'il est conscient, mais juste au cas où, je lui serre la main.

— Tiens le coup vieux frère, tu vas t'en sortir. N'oublie pas, il y a cette super fille de chez les Tornades qui a le béguin pour toi.

Un coin de ses lèvres bouge, et je me dis qu'il m'entend.

— Ce qu'il y a dans ton vestiaire, il vaut mieux que les flics ne le trouvent pas ? je lui demande.

Je sens une légère pression sur ma main.

— OK, je m'en occupe.

Je commence par le vestiaire des danseuses. La photo que Sally voulait est collée sur la porte de son placard avec quelques autres. Je les prends toutes et les glisse dans ma poche intérieure. Je regarde ce qu'il y a d'autre. Rien que des fringues qu'elle mettait sur scène que j'abandonne.

Je vais ensuite dans le vestiaire des mecs. Surprise ! Le placard de Prince est rangé de façon impeccable. Les chemises pliées et empilées avec une précision militaire. J'y trouve un coupe-chou avec une poignée en nacre, je le glisse dans ma poche arrière et continue ma fouille. Caché dans une trousse de toilette, je trouve un revolver à l'ancienne. Je le place dans ma ceinture dans mon dos et referme la porte.

Au fond d'une boite à cirage, je récupère mon badge dans mon propre placard et le glisse de façon visible dans une poche de mon pantalon. Je retourne dans la pièce principale à temps pour entendre des sirènes approcher. Du dessous du bar, je récupère mon étui et mon arme de service.

C'est très étrange, je suis un policier normal à nouveau. Peut-être que c'est mieux puisqu'il faut que je retrouve ma nana. À la porte, deux policiers en uniforme apparaissent avec leur arme à la main. Je m'identifie et leur précise que les lieux sont sécurisés.

Ils sont suivis par deux ambulanciers, un homme et une femme. Je les mène derrière le bar et la femme s'agenouille près de Prince.

— Je n'ai pas la place de travailler derrière ce truc, déplore-t-elle. Il faut me le sortir de là.

J'aide l'autre infirmier à le porter jusqu'au milieu de la salle. Prince gémit à peine, mais je suis certain que nous lui avons fait un mal de chien.

Nous le plaçons sur un brancard et la femme soulève les torchons pendant que nous le sortons du club jusque dans l'ambulance.

— S'il s'en sort, il vous devra la vie pour avoir prodigué

ses premiers soins, souligne la femme en refermant les portes du véhicule.

Alors qu'ils partent, deux voitures arrivent sur le parking. L'une d'entre elles est celle de la commissaire Black. Elle s'approche de moi en premier pendant que deux hommes en costard, des caricatures d'agents fédéraux, sortent de l'autre véhicule. Ils s'arrêtent pour regarder ce qui reste des motos de Stallion et de Prince.

Est-ce que je pourrai lui faire la peau deux fois ? Une fois pour avoir kidnappé ma nana, l'autre pour avoir roulé sur ces bécanes ?

— J'étais juste en train de quitter la soirée quand j'ai entendu l'appel radio et reconnu l'adresse, indique la Commissaire. Qu'est-ce qui s'est passé ici ?

— Je suis revenu prendre mon badge et mon arme de service qui étaient cachés là, je lui dis. Ce n'est pas utile de préciser que Sally et Prince aussi voulaient récupérer quelque chose dans leur vestiaire. Prince et Sally sont entrés avant moi et il s'est fait tirer dessus. Le temps que je rentre, Stallion était mort, Prince était blessé et Sally avait un couteau sur la gorge. Je n'ai pas eu le choix, je lui ai donné ce qu'il voulait et l'ai laissé repartir avec elle.

— Je vois qu'ils se sont assurés qu'il n'y aurait pas de poursuite à chaud, dit l'un des fédéraux. Celui qui a fait cela est un fidèle disciple de César.

Je fais la grimace en entendant le nom de ce pseudo-artiste français qui a compressé de superbes motos jusqu'à en faire des cubes qu'il a vendus une fortune... un escroc, selon moi.

— J'ai toujours trouvé que l'art moderne, c'est beaucoup de vent, je lui réponds.

Je lis l'étonnement sur son visage. Eh oui, c'est pas parce que je suis qu'un simple flic que je ne sais pas lire.

— Il a une des stripteaseuses avec lui ? demande l'agent fédéral numéro deux.

— C'est pas une danseuse, c'est une fille qui vient de terminer ses études et qui cherche du travail, il se trouve aussi que c'est ma nana, je lui réponds d'un ton sec.

— Désolé, je pensais que c'était une de vos filles, vous savez, une de celles qui travaillent pour vous, dit l'agent fédéral numéro deux.

— Ouais, en fait, vous avez raison, je reconnais. Elle a bien travaillé ici, mais je ne veux pas que l'avis radio dise qu'on cherche une stripteaseuse.

— Pas de soucis, je dirai que c'est la fiancée d'un collègue, dit l'agent fédéral numéro un.

— Merci, répond la commissaire Black. Entrons et reprenons au début.

Je refais tout le parcours pour eux et leur explique que l'homme doit être un Wizard parce qu'il avait les clefs de Zach. Je me creuse la cervelle pour me souvenir où j'ai déjà vu sa tête. Si c'est ici, cela ne servira pas à grand-chose parce que je n'aurai aucun moyen de l'identifier.

— On peut mettre la main sur la liste des personnes

qui ont rendu visite à Zach à l'infirmerie de la prison ? je demande sans m'adresser à qui que ce soit en particulier.

— Aucun problème, me dit un des agents. Il n'y a eu personne. Nous avons fait le nécessaire pour que personne ne puisse venir le voir. Nous ne sommes pas encore certains d'avoir mis la main sur tous les actifs, alors nous avons souhaité limiter les communications entre lui et l'extérieur autant que nous le pouvions.

— Oui et c'est sans doute pour cela que Zach a insulté des codétenus. Il voulait se faire un peu amocher pour avoir accès à l'infirmerie où il espérait que la surveillance serait relâchée. Il n'avait pas compté sur le temps qu'il faudrait aux gardiens pour arriver jusqu'à lui.

— Alors c'est quelqu'un qui travaille dans l'administration carcérale, dit la commissaire Black.

— On va voir cela, répondent les fédéraux avant de filer.

La commissaire Black et moi nous installons sur deux tabourets de bar pendant qu'une nouvelle équipe vient chercher le corps de Stallion. Je les regarde refermer le sac et je réalise que j'ai une solution parfaite pour nombre de nos problèmes.

— La direction des Knights vient de prendre en grand coup. Stallion est mort et Prince est dans un état critique. Je suis le seul encore debout. Je pense que je dois rester en infiltration un peu plus longtemps que prévu, je lui dis.

— Qu'est-ce que tu proposes de faire ? s'enquiert-elle.

— Faire disparaître le problème local des Knights de façon définitive.

— Et tu vas faire cela comment ?

— Je vais proposer de dissoudre l'antenne locale. Nous avons tellement peu de membres qu'ils devraient se répartir entre les antennes voisines. Je sais qu'au moins un des membres souhaite devenir nomade.

— Effectivement ce serait une solution satisfaisante, approuve-t-elle.

C'est alors que je me souviens d'une conversation que j'ai eue avec David avant que notre mission ne manque de capoter. La nuit où l'entourage de Zach était venu célébrer des fiançailles, David était tombé sur l'un des flics avec qui il était allé à l'école de police. David lui avait raconté qu'il faisait des heures sup comme videur parce qu'il avait besoin d'argent. Ce flic devait être un Wizard lui-même et pas simplement un membre de la famille du fiancé.

— Vous avez le numéro de téléphone de la mère de David ? je demande à la commissaire.

— Bien sûr, répond-elle en sortant son carnet d'adresses de son sac.

J'attrape le téléphone de derrière le bar et elle fait le numéro avant de me repasser le combiné.

Le commissaire Williams répond.

— Commissaire, c'est Slider, pardon, c'est l'officier Paul Luck. Sally a été kidnappée, j'ai besoin de parler à David tout de suite.

—- Bien sûr et je suis là, si tu as besoin d'aide.

J'aime son efficacité, pas de questions inutiles, de pourquoi ou comment, juste une affirmation. En cas de besoin, il est là.

— Hey, Slider, qu'est-ce qui passe ? me demande David une minute plus tard.

— Stallion a été tué, Prince s'est fait tirer dessus et Sally a été kidnappée, je lui résume. Je me tais une seconde pour lui laisser digérer toutes ces informations.

— Qu'est-ce que je peux faire pour toi mon vieux ? demande-t-il.

— Me donner le nom du collègue avec qui tu es allé à l'école de police et sur qui tu étais tombé au club.

— Tu veux dire Michael Mayfair ? Qu'est-ce que Mike vient faire dans cette histoire.

— C'est lui qui a enlevé Sally.

14

SALLY

Une fois la porte du garage fermée, je fais l'état des lieux. Je n'ai rien à manger, mais je suis certaine que je pourrai survivre quelques jours sans nourriture. Ce qui est plus ennuyeux, c'est que je n'ai rien à boire. Je tente de me rappeler pendant combien de temps on peut survivre sans absorber de liquide. Je pense que c'est environ cent heures. Cela fait quatre jours et quatre heures. Mais peut-être que je pourrai résister plus longtemps. La pièce n'est pas trop chaude. Il n'y a pas de climatiseur, mais les murs sont en béton, et il n'y a pas de fenêtre, alors il ne fait pas très chaud pour l'été en Floride.

Je sors le tube en plastique de ma poche et l'ouvre pour en extraire le ressort central. Aujourd'hui, je regrette de ne pas être gauchère, car c'est la main droite qui est attachée... à moins... bien sûr ! si je m'attaque à la menotte qui est accrochée sur la rambarde, je peux me servir de mes deux mains. Cela ne peut pas être un mécanisme très sophistiqué, je vais bien arriver à l'ouvrir. Il faut juste que je me force à travailler lentement. J'ai une tendance certaine à faire tout trop vite, mais là, je n'ai pas de raison de me presser. Je ne pense pas qu'il revienne. Le problème, c'est que je ne pense pas que qui que ce soit d'autre va venir me chercher ici.

Slider pourra dire aux flics que cet homme était en relation avec les Wizards, mais c'est tout ce qu'il sait. Peut-être que cet immeuble est une propriété des Wizards. Sans doute, sinon comment aurait-il su que c'était inoccupé ? Est-ce que la police pensera à venir fouiller ici ?

JE NE PANIQUERAI PAS.

Je prends une grande respiration pour me calmer et je glisse le bout du ressort dans l'ouverture de la serrure des menottes et il entre facilement. Trop facilement. Il devrait y avoir un loquet. Je ressors le bout et essaye plus délicatement encore, et encore, et encore, mais en vain.

Je m'arrête avant de me sentir assez frustrée pour balancer le ressort de l'autre côté de la pièce. Je recommence plus doucement et puis décide de dormir. Je n'ai pas de montre. Je suis épuisée, mais il ne peut pas être très tard. Nous sommes partis de la soirée vers 18 heures, alors il est quoi ? 20 ou 21 heures au plus tard. Pourquoi suis-je si fatiguée ? L'excès d'adrénaline ?

Je regarde à nouveau autour de moi en me demandant comment je pourrais sortir si j'arrive à me détacher. La porte en haut des marches où je suis assise a l'air assez solide. Maintenant, si je me détache, j'aurai accès à de l'eau. Je pourrai boire au robinet et puis si je n'arrive pas à forcer la porte du garage, je trouverai bien autre chose. Comme la surface est en pente, je pourrai créer une inondation et il y aura bien quelqu'un pour se demander d'où vient l'eau qui coule sous la porte.

Bon, je vais dormir et quand je me réveillerai, je recommencerai à travailler sur les menottes. Je range le ressort dans ma poche et tente de trouver une position confortable sur les marches. Un bras étendu vers la rampe, l'autre plié sous ma tête. Quelques heures de sommeil vont me faire le plus grand bien.

Mais ce n'est pas possible. En plus, je peux difficilement changer de position sur le béton. Il me faudrait un oreiller et un peu d'obscurité. Je recommence à travailler avec le ressort en métal et j'ai l'impression de faire des progrès. Il y a un petit rebord que j'attrape, je le sens du bout des doigts, mais je n'arrive pas à faire pression dessus correctement. Si j'appuie un peu, il bouge à peine et si j'appuie plus fort, le ressort glisse sur le côté. Je pousse un grognement de frustration et puis me moque de moi-même. Je pourrais me lâcher et hurler ma frustration, le pire qui pourrait arriver, c'est que quelqu'un m'entende et appelle la police !

Je m'acharne pendant des heures. Qu'est-ce que Slider dit de moi déjà lorsqu'il veut se moquer ? Que Persévérance, c'est mon véritable prénom. Il doit avoir raison. Je n'abandonne jamais lorsque quelque chose compte vraiment pour moi. Il n'y a qu'une exception à la règle, j'ai jeté l'éponge en ce qui concerne le policier camé et vicieux qu'est mon frère. Après le décès de notre mère, j'ai coupé tous les ponts et si je ne le revois jamais, je serai parfaitement heureuse.

Je cherche une position moins inconfortable. Peut-être suis-je assez fatiguée pour tomber de sommeil maintenant. J'ai une dernière lueur de conscience alors que mon esprit sombre dans un petit nuage de coton. Je n'ai pas essayé d'ouvrir la porte. J'envisage une seconde de tenter le coup maintenant, et je me dis que cela ne servirait à rien. Même si j'ouvre la porte, je n'irai nulle part tant que je serai attachée à la rambarde.

Je regarderai tout de même tout à l'heure… après avoir un peu dormi.

15

SLIDER

J'arrive au commissariat avant la commissaire Black, mais je ne suis pas le premier. Catherine est déjà à la porte à m'attendre. Elle a troqué sa tenue de mariage pour un jean et un tee-shirt et ses cheveux sont tirés en arrière.

— Ils sont dans notre salle de travail, m'indique-t-elle, en montant avec moi à l'étage.

Cela faisait un moment que je n'étais pas venu ici.

Le commissaire Williams est déjà sur le pont avec Everest et David. Avant que je n'aie le temps de lui faire une réflexion ou de le remercier de passer sa nuit de noces avec nous, David me devance,

— Mimi a insisté pour que je vienne. Elle a compris qu'on avait besoin de tout l'équipage et qu'elle n'allait pas me garder à la maison pendant que vous étiez tous en train de chercher son amie.

— J'ai envoyé une voiture de patrouille banalisée avec un petit jeune à qui je fais confiance pour qu'il fasse le tour du pâté de maisons et passe chez Mayfair, mais il n'y a personne, pas de voiture devant, rien, nous informe le commissaire Williams.

— Il est ami avec quelqu'un au commissariat ? je demande.

— Non, me répond Catherine. Il est bien avec tout le monde, mais il n'a pas d'amis.

— Je t'ai vu bavarder avec lui plusieurs fois, il ne t'a jamais draguée ? demande Everest.

Je m'interroge, sa question est-elle exclusivement liée à l'enquête ?

— Non, jamais. Toujours un parfait gentleman, répond Catherine. Il a des manières très policées du sud. Il m'a demandé comment allait ma délicieuse mère après l'avoir aperçue une fois au poste. Nous n'avons échangé que des banalités. Une conversation polie entre collègues. Je ne pense pas qu'à cette occasion, il m'ait fourni la moindre information personnelle à son sujet.

Everest se tourne vers le commissaire Williams.

— Stevens, je me souviens que vous aviez jeté un œil dans son dossier, vous nous aviez dit qu'au lycée il faisait partie d'une organisation d'extrême droite.

— Oui, et on l'a bien soupçonné d'être celui qui avait balancé à Ezachia Smith que tu étais un policier, David, souffle Ice depuis le couloir.

C'est absurde. Si les commissaires font assez confiance à Ice pour nous aider, il pourrait le laisser entrer dans la pièce qui sert de quartier général.

— C'est exact, mais on l'a gardé ici parce que nous n'avions aucune preuve contre lui. Et comme il est super efficace avec la paperasse, c'est même à lui qu'on a demandé d'organiser l'inventaire des biens des Wizards dans le comté, dit le Commissaire Williams. Peut-être qu'il se sert de l'un de ces lieux pour se cacher. L'autre question est : qu'est-ce qu'il a l'intention de faire ? Sait-il que tu l'as reconnu ?

— J'en doute, il n'est venu au club qu'une seule fois et si David ne m'en avait pas parlé, je ne l'aurais jamais remarqué. Je suis presque certain qu'il est venu pour prendre le liquide pour son patron, mais comme tout a dégénéré, il va falloir qu'il réfléchisse et qu'il s'organise.

— Avant qu'on procède aux arrestations en masse, le mouvement était bien organisé. Un peu comme une armée. Mais maintenant, je doute qu'il y ait encore un réseau assez structuré pour le sortir d'ici et le faire passer dans un autre État en lui fournissant une nouvelle identité. Il est seul avec lui-même, remarque Catherine.

— Nous avons besoin de l'inventaire, dit Everest.

— C'est pour cela que ces agents sont avec nous, intervient la commissaire Black en entrant avec les deux fédéraux. Ils ont été assez aimables d'imprimer leur liste et ils vont nous aider dans nos recherches.

Nous examinons la liste et nous répartissons les immeubles selon leur situation géographique. Comme les fédéraux ne sont pas du coin, ils vont faire équipe chacun avec un commissaire, Everest va faire équipe avec Catherine et David avec moi.

Bien qu'il ne soit pas de la maison, Ice se voit attribuer quelques adresses à vérifier.

— Mais comprenez-moi bien, Monsieur Hatcher, lui dit la commissaire Black. Vous ne faites que regarder. Si vous voyez quoi que ce soit de suspect, vous appelez immédiatement le poste. Ils nous joindront par radio. Je ne veux pas de numéro de cowboy dans ma ville.

— Je vous ai parfaitement entendue, lui répond Ice, mais dès qu'elle a détourné le regard, il me sourit d'un air entendu. Je suis certain qu'il foncera si nécessaire, et je n'en attends pas moins de lui. Il replie la page avec sa liste d'adresses et s'éclipse.

— Je vais attendre mes hommes en bas.

David et moi le rejoignons quelques minutes plus tard, après avoir achevé de recopier la nôtre. Il prend une radio portable à la réception pour qu'on puisse communiquer en route si nécessaire.

Devant l'immeuble, sous un réverbère, Ice étudie un plan avec trois membres des Tornades d'Acier qu'il présente comme Lobster, Waxer et Brains.

Nous faisons un tour dans les trois premiers immeubles qui ont été saisis dans le cadre des mesures qui permettent de confisquer les produits des activités criminelles. Aucune voiture, pas de lumière, aucun signe d'activité. Sans aucun respect pour les voisins, je fais le tour des maisons en appelant Sally. Silence total.

Après chacune des fouilles, nous appelons le central et leur indiquons que nous passons à l'adresse suivante.

Dans la quatrième maison, il y a de la lumière. Personne n'est visible à travers la fenêtre. Pour nous assurer que nous ne passons pas à côté de quelque chose, nous défonçons la porte.

Dans le salon de ce qui a dû être la résidence principale d'un des Wizards, je trouve le sac à main de Sally. Son contenu a été éparpillé sur la table basse. Il y a du maquillage, une brosse à cheveux, le bordel habituel des sacs de nanas, mais ni son portefeuille ni ses clefs.

Nous faisons un tour dans la cuisine et au premier étage. Dans la salle de bain, une valise et des vêtements couverts de taches de sang qui devaient être ceux que portaient Mike Mayfair.

Je me persuade que ce n'est pas le sang de Sally. Elle en était couverte lorsque je l'ai vue, sans doute pour avoir recouvert les blessures de Prince, c'est comme cela qu'elle a dû aussi salir ses vêtements à lui. Et puis il a tranché la gorge de Stallion. Oui, cela peut être le sang de Stallion aussi.

Après nous être assurés que personne ne se cachait dans la maison, nous reprenons nos motos pour vérifier les deux autres adresses de notre liste. Les deux maisons sont dans un quartier résidentiel de Point Lookout, et vides.

Assis sur nos bécanes devant la dernière maison, j'ai un flash.

— Lorsque j'ai regardé ce qu'il y avait sur la table, j'ai remarqué qu'il manquait son portefeuille et ses clefs, j'explique à David.

— Ouais, et… il se frappe le front de la main. Bien sûr, le portefeuille pour l'adresse et les clefs pour y entrer. Je vais appeler le central et leur dire…

— Non, il pourrait avoir une radio, lui aussi, je lui dis.

— Et cela expliquerait pour quelle raison il a décampé de sa dernière planque, remarque David. Il est parti sans sa valise parce qu'il ne savait pas s'il aurait assez de temps pour tout remballer.

Cinq minutes plus tard, nous sommes devant chez Sally. La voiture de Mayfair est dans le parking visiteurs. Le pare-chocs arrière est tout cabossé, comme s'il avait participé à une course de stock-cars. Cela me rassure bêtement de voir que les motos de Stallion et de Prince ont opposé de la résistance. Je les venge en perforant les pneus du côté de la voiture qui n'est pas visible depuis l'immeuble.

David rit. S'il arrive à quitter l'immeuble, il ne va pas aller loin !

Nous faisons le tour du bâtiment. Au troisième étage, il y a de la lumière. Je montre les fenêtres de Sally à David qui demande :

— Tu veux foncer ou on le fait sortir en annonçant à la radio qu'on va aller voir chez Sally ?

— Faisons-le sortir.

Nous retournons au parking et poussons nos motos jusque dans l'aire de stationnement de l'immeuble voisin. David allume sa radio et fait son rapport. Une fois que le central a répété l'adresse de Sally, nous allons nous cacher derrière la voiture de Mayfair.

Et sans surprise, moins de deux minutes plus tard, Mayfair sort de l'immeuble. Il est seul. Je ne sais pas si je dois être rassuré que Sally ne soit pas à ses côtés et ne risque pas de prendre une balle perdue si cela tourne vinaigre ou bien frustré parce que je n'ai toujours pas la moindre idée de là où elle se trouve.

Mayfair porte un petit sac de voyage d'une main et tient une arme dans l'autre, il n'essaye même pas de la cacher. Il marche doucement en surveillant les alentours.

Je murmure à David que je le veux vivant.

David hoche la tête.

Lorsqu'il est assez près, je me lève de derrière la voiture en pointant mon arme sur lui.

— Mayfair, tu es en état d'arrestation, lâche ton arme.

David se déplace accroupi jusqu'au-devant de la voiture, il devrait être prêt à bondir d'ici quelques secondes.

— Slider ne me fait pas regretter de ne pas avoir fait la peau à ta nana, dit-il. Si tu me laisses partir, je te dirai où elle est.

Il fait un pas de plus en direction de la voiture.

— Elle est menottée dans une pièce sans climatisation et sans rien à boire. Elle ne tiendra pas le choc plus d'un jour ou deux. Si tu veux la revoir vivante, tu devrais vraiment me laisser repartir.

— Je suis désolé, mais cela ne va pas être possible, je lui réponds.

— Alors tu ne la retrouveras jamais parce qu'elle n'est pas dans un des immeubles des Wizard, dit-il, confirmant ainsi qu'il nous écoute bien depuis le début avec sa radio.

— Je pense que tu bluffes, baisse ton arme.

— Non, c'est toi qui vas la baisser, ordonne-t-il, en levant la sienne dans ma direction.

— Ne fais pas le con, Mike, tu ne vas pas pouvoir t'en sortir, lui dit David sortant de derrière la voiture.

— Je n'irai pas en prison, affirme-t-il.

Au lieu de baisser son arme, il la tourne pour la pointer vers David.

En mode pilote automatique, David et moi tirons. Je vise une jambe, mais comme il tourne sous l'impact de la balle de David, je le touche plus haut que je ne voulais.

Nous marchons vers lui et David écarte son arme du pied.

Des bulles roses sortent de sa chemise trouée. Merde, merde, merde, le connard ne doit pas mourir !

— Où est Sally ? je lui demande.

Il me fait une grimace et tente de parler, mais il n'a pas assez d'air pour le faire.

David se penche vers lui et pose une main sur la plaie ouverte de sa poitrine.

— Où est-elle ? répète-t-il.

Le salop prend une grande bolée d'air et nous nargue.

— Allez vous faire foutre !

Magnifiques ses derniers mots pour sa postérité !

16

SLIDER

— Elle est peut-être en haut, chez elle, me dit David. Va voir pendant que j'appelle le central.

— Ouais, tu as raison.

Je suis mort d'angoisse.

— Il était suicidaire, il ne croyait plus à rien alors peut-être qu'il l'a tuée ou peut-être qu'il l'a enfermée quelque part où on ne la retrouvera jamais.

— Calme-toi immédiatement ! me crie David pendant qu'il fouille les poches du cadavre.

Sa réaction tempère mon stress et je réalise qu'il cherche les clefs de Sally.

— Pas la peine, je lui dis, en sortant un gros trousseau de ma poche. J'ai ma copie.

Il me regarde étrangement et doit se dire que ce n'est

pas le moment de me demander pourquoi j'ai un double de ses clefs. Il se contente d'enchaîner,

— Allez, va !

A posteriori, je me rends compte que j'ai sans doute abusé quand je lui ai fauché ses clefs pour en faire un double, mais, lorsque je l'ai fait, cela m'a semblé tout naturel.

Je cours jusqu'à l'immeuble. Toutes les fenêtres sont éclairées, maintenant, et tout le monde a dû appeler la police pour dire que des coups de feu avaient été tirés dans leur petit coin tranquille. Je gravis les marches à toute vitesse sans attendre son ascenseur pour asthmatiques. Quand j'arrive sur le palier, j'ai le cœur dans le même état que si j'avais couru un marathon.

Je tourne la clef et me précipite dans son petit studio. Elle n'est pas là. Bordel !

Mayfair s'est fait un des plats surgelés qu'elle avait dans son congélateur et a laissé ses couverts sales dans l'évier. Le reste du désordre semble être son bazar habituel. Des livres sont entassés sur son bureau et son canapé-lit est déplié, le lit défait.

Cela sent comme elle et je ne peux m'empêcher de penser à ce que j'avais prévu de lui faire dans ce lit ce soir. Je n'aurais jamais dû retourner au club, tout cela pour des saletés d'insigne et d'arme de service, pour des photos à la con. J'en profite pour les sortir de ma poche et les poser sur son bureau pour qu'elle les trouve à son retour.

Parce qu'elle va revenir. Il ne l'aura pas tuée. C'était un mec intelligent. L'idée qu'il a eue de venir se planquer ici montre qu'il a su s'adapter à la situation. S'il n'avait pas laissé le sac de Sally derrière lui, je n'aurais jamais pensé à venir le chercher ici. Oui, c'est une bonne chose qu'il ait été intelligent, il a dû la garder en vie en la planquant quelque part au cas où il en aurait besoin pour mettre au point un plan B. La question est : où l'a-t-il planquée ?

Je quitte l'appartement en fermant à clef derrière moi et en prenant l'ascenseur. Lorsque j'arrive au rez-de-chaussée, il y a foule. Tous les voisins sont en pyjama ou robe de chambre en train d'observer les policiers en uniforme délimiter un périmètre de sécurité autour de la voiture et du corps de Mayfair.

Je sors de l'ascenseur et ils s'écartent devant moi, une expression apeurée sur le visage. J'ai l'impression d'être Moïse traversant la mer jusqu'à ce que j'arrive devant Madame Molly. C'est la voisine immédiate de Sally. Elle a au moins quatre-vingt-dix ans et nous nous sommes rencontrés plusieurs fois lorsque la voiture de Sally était en panne et que je l'ai raccompagnée chez elle.

— Je vous connais, dit-elle.

— Oui madame Molly, on se connaît.

— Vous pourriez me dire ce que c'est que tout ce désordre ?

— Oui madame, Sally a été kidnappée et nous la cherchons. Je vais faire tout mon possible pour la ramener saine et sauve.

— C'est bien.

Me prenant le bras gentiment, elle me demande :

— Vous avez le numéro de son frère ?

— Non, madame, je ne savais même pas qu'elle avait un frère.

— À ce que j'ai compris, ils ne sont pas proches, mais dans de telles circonstances, il faudrait peut-être le joindre. De tels évènements sont une opportunité de réconciliation.

— Je demanderai aux services administratifs de se renseigner, je lui dis. Maintenant, si vous vouliez bien avoir l'amabilité de rentrer tous chez vous. Si vous avez vu ou entendu quoi que ce soit, je vous propose d'appeler le commissariat demain matin. Vous pouvez retourner vous coucher.

Je sors et l'océan se referme derrière moi. Ils restent tous figés dans l'entrée comme hypnotisés par le gyrophare. Tout le monde aime les séries policières et aujourd'hui est un jour de frissons à moindres frais, ce n'est pas tous les jours qu'on a un cadavre sur le parking.

David et moi retournons au poste. Nous allons avoir une tonne de paperasse à remplir. En temps normal, je dirais que ce n'est pas beaucoup demander que de faire remplir des formulaires à celui qui vient de tuer quelqu'un, surtout lorsqu'il s'agit d'un de ses collègues, mais là je ne peux pas perdre mon temps à cela.

Lorsque nous arrivons au poste, Ice et ses Tornades sont garés devant la porte. Ils n'ont rien trouvé. Je les mets au courant des dernières évolutions de la situation.

— Je vais mettre Whiz sur le dossier de Michael Mayfair, dit Ice. En réponse à mon air étonné, il explique. C'est notre responsable des recherches. Je vais lui demander de trouver tout ce qui appartient ou est loué par les Mayfair. Il est très bon, sans doute meilleur que ceux que vous avez au poste.

Everest et Catherine nous rejoignent.

— Allez remplir votre paperasse, dit Catherine. Pendant ce temps, Everest et moi on va obtenir un mandat de perquisition pour fouiller chez lui et voir si on trouve quelque chose d'intéressant.

Malgré mon inquiétude, je remarque qu'Everest n'a même pas tiqué lorsque Catherine a pris la direction des opérations, sur ce coup-là. Je n'aurais pas cru qu'il pouvait être domestiqué. Le macho est capable de suivre les ordres d'une belle blonde. Cela va amuser Sally. Ça l'éclate toujours de voir une femme prendre les rênes.

Je monte jusqu'à notre salle de travail ou la commissaire Black m'attend.

— Vous êtes revenus ensemble ? me demande-t-elle.

— Oui, je reconnais.

— C'est pas règlementaire du tout.

— Je crois que la règle selon laquelle il faut séparer les policiers ne s'appliquait pas ici, car on était en moto. Ce n'est pas comme si on avait passé les dix minutes du retour dans une voiture où on peut parler, lui fait remarquer David.

— Oui, si vous le dites — elle hausse les épaules — Je ne pense pas que cela va poser de problème. Je n'ai aucun doute sur le fait que vous auriez préféré le prendre vivant, maintenant on sait que pouic à propos de l'endroit où il l'a enfermée.

— Pas tout à fait, dit une voix d'homme de l'autre côté de la salle.

Nos têtes tournent dans sa direction. C'est l'agent fédéral numéro 1, celui qui a participé aux recherches avec la commissaire Black. Merde, j'aurais dû faire attention à son nom !

— Qu'est-ce que vous avez Joshua ? lui demande la commissaire.

— Un périmètre, déclare-t-il en montrant une carte.

— Vous l'avez délimité comment ? demande David.

— Je suis parti du principe qu'il devait être environ 19 heures lorsque Mayfair et l'otage ont quitté le club... dit-il en montrant du doigt un gros X tracé sur la carte pour indiquer l'emplacement du club.

— Sally, son nom c'est Sally, je lui dis.

— Ouais, c'est cela...

Il ne dit pas « qu'est-ce qu'on en a à faire du nom de la victime », mais le ton qu'il utilise pour me répondre le dit pour lui.

— Et il était passé 21 heures lorsque vous l'avez descendu ici.

Il montre une autre croix sur la carte. Maintenant je comprends où il veut en venir.

— Pendant ces deux heures, il a fait plusieurs choses. Il a caché Sally.

Joshua hoche la tête et ajoute en indiquant un autre point sur la carte :

— Il a aussi conduit jusqu'à la maison où il s'est changé avant d'arriver chez Sally.

— Le point rouge c'est quoi ? demande David en montrant une rue près de la plage.

— Ça c'est chez lui, dit Joshua. Nous ne savons pas s'il avait une valise dans son coffre depuis le début ou s'il est passé chez lui pour prendre des affaires.

— À mon avis, il l'avait depuis le début, dit la commissaire Black. Sinon il se serait changé chez lui.

— Je n'en sais rien, lui dis-je. Avant que tout tourne à la cata, il avait l'intention de récupérer l'argent pour Zach, pas de le prendre pour lui et de s'enfuir.

Du bout d'un doigt, je trace le contour du périmètre dessiné sur la carte.

— Si on tient compte du fait que le dimanche soir, il n'y a pas de circulation, je pense qu'il n'a pas pu aller plus loin que cela pour cacher… Sally résume Joshua.

— On pourrait peut-être…

David est interrompu par la commissaire Black, qui

tient dans ses mains deux blocs et deux stylos qui nous sont destinés.

— Vous n'irez nulle part tant que vous ne vous serez pas occupés de la paperasse, dit-elle. Je veux un rapport détaillé de tout ce que vous avez fait entre le moment où vous avez quitté le poste et le moment où vous y êtes revenus.

Nous partons chacun dans un coin de la pièce pour faire nos devoirs séparément.

Depuis sa place, David me regarde et secoue ses épaules.

— Allez Paul, me dit la commissaire, il faut le faire, alors débarrasse-toi de cela pendant que nous cherchons une autre piste.

17

SALLY

J'ai maintenant une certitude, quand on est assez fatigué, on peut dormir n'importe où, mais on en paye le prix au réveil. Le repos dont a bénéficié le cerveau est payé au prix fort par le corps. Je suis raide comme la justice et ma circulation est coupée à d'étranges endroits. Je tente de m'étirer et la douleur me fait crier.

Le bruit dehors est plus fort. Normal, il y a plus de circulation le lundi que le dimanche soir.

J'ai à nouveau besoin de faire pipi. Je peux à peine me retenir. Je prends le papier et je vais en bas des marches, je descends mon jean et je me soulage contre le mur. Je fais une prière ; je veux vraiment que quelqu'un vienne me tirer de là, mais pas dans les deux prochaines minutes.

Le ciel m'écoute, aucun chevalier à l'armure étincelante ne vient me sauver avant que je ne me replace sur les marches. Je reprends mon ressort et commence à réexaminer la serrure.

Dans la vraie vie, ce n'est pas comme au cinéma. Dans les films, personne ne va jamais aux toilettes et la plus nulle des héroïnes arrive à forcer des menottes comme si c'était un jeu d'enfant. Eh bien non, ce n'est pas le cas.

Alors que le temps passe, je m'améliore. J'arrive à sentir un petit loquet et je pense que c'est celui que je dois pousser pour retirer cette saleté de bracelet, sauf que je n'y arrive pas.

Je m'arrête quelques minutes pour regarder autour de moi, au cas où il y ait eu une intervention divine. C'est alors que je repense à la porte. Celle que je n'ai même pas tenté d'ouvrir. Je me relève en faisant coulisser l'autre partie des menottes sur la rampe. Je retiens mon souffle et… la poignée tourne. Je pousse la porte, elle s'ouvre, mais de quelques centimètres à peine. Quelque chose de lourd est derrière et la bloque. Je jette un œil à travers l'ouverture. C'est une boutique abandonnée, la porte donne sur le fond de l'espace de vente. J'entrevois les vitrines et la lumière du jour. À un peu plus d'un mètre, sur le même mur que la porte, il y a un bureau et dessus un téléphone.

Je pèse de tout mon poids contre la porte et elle s'ouvre un tout petit peu plus. D'accord, je dois pouvoir faire mieux. Je peux ouvrir cette porte à la noix. Je m'assois sur la marche la plus haute et pose les pieds sur la base la rampe. Je m'arc-boute de toutes mes forces, le dos contre la porte.

Cette porte de merde bouge un peu. Mais qu'est-ce qu'ils ont bien pu mettre derrière ?

Maintenant, j'ai deux occupations. J'alterne entre trifouiller la serrure et pousser la porte. Je suis plus optimiste pour ce qui est de la porte, mais comme il suffit de quelques poussées pour m'épuiser, je reprends des forces en me battant contre mes menottes. Pour le moment ce sont elles qui gagnent.

Centimètre par centimètre, la porte s'ouvre et je suis enfin en mesure de glisser un bras puis une épaule. Je m'approche, mais pas assez.

Je me répète ; *je peux le faire, je peux le faire, je peux le faire*, et en même temps je pousse comme une damnée contre la porte.

Je transpire tellement que je pourrais participer à concours de tee-shirt mouillé. Je gagne quelques centimètres de plus et j'ai la vision qui se trouble. Je m'arrête pour respirer et me reposer. Il ne manquerait plus que je tombe dans les pommes. Je réprime l'envie de m'appuyer contre la porte et me redresse. Le monde autour de moi est un peu trouble, mais je tiens encore debout. Je peux frôler le cordon téléphonique du bout des doigts. Je laisse échapper un cri de frustration avant de retomber au sol. Je tente de respirer normalement.

Je ne vais pas penser que la ligne pourrait avoir été coupée. Une méchante voix dans ma tête me dit que cela ne serait pas étonnant puisque la boutique est fermée. Je refuse de l'écouter.

Je vais juste me reposer. Je me roule en boule sur la plus haute marche.

Lorsque je me sentirai mieux, je recommencerai à pousser.

Quand je rouvre les yeux, il fait nuit dehors. J'ai dû dormir une bonne partie de la journée. J'ai soif. J'ai des visions de grands verres embués pleins d'eau glacée avec une rondelle de citron vert. Au diable le citron et la glace. Va pour un verre d'eau tiédasse !

Je pousse encore et encore. Cela devient de plus en plus difficile alors que j'y consacre toutes mes forces. Je m'apprête à repousser une nouvelle fois lorsque ce qui bloquait la porte se renverse et tombe dans un bruit qui me semble être assourdissant.

J'espère qu'un voisin aura entendu et viendra voir ce qui s'est passé, ou mieux encore, qu'il appellera la police, mais je n'entends rien d'autre que le bruit de la circulation. Le bruit n'était assourdissant que pour moi.

Tout doucement, je me relève et je peux glisser mon corps à travers l'ouverture, je tire sur la corde et le téléphone tombe du bureau. Alors que je le tire vers moi j'entends le son délicieux de la tonalité. Deux larmes m'échappent.

Je me repose, mais cette fois-ci en partie à l'intérieur de la boutique, l'autre bras encore coincé, attaché à la rampe.

Immobilisant l'écouteur sur mon épaule avec ma tête, je pose la base du téléphone sur mes genoux et fais le numéro de la police avec ma main libre.

— Vous avez appelé, la police, ne quittez pas, nous allons vous répondre, dit la voix enregistrée. Vous avez appelé la police...

C'est alors que je vois des lumières clignoter dehors et que j'entends quelqu'un crier.

— C'est elle, elle est dans la boutique.

Quelqu'un explose la vitrine et je suis aveuglée par deux lampes torches.

Des mains chaudes me détachent et massent mon poignet pendant que quelqu'un d'autre me prend délicatement le téléphone des mains.

— Slider ?

Quelqu'un aboie :

— Idiot, baissez vos lampes. Vous ne voyez pas que vous l'éblouissez ?

Je souris en reconnaissant la voix de basse unique de Brian.

C'est lui qui m'a pris le téléphone. David est debout à côté de lui. Lorsque les lampes se dirigent vers le sol, je vois Slider tout à côté de moi qui étudie mon visage en me tenant la main.

— Tout va bien bébé ?

— Comment m'avez-vous retrouvée ? je demande en laissant échapper mes larmes.

— Je te raconterai une fois que nous serons rentrés à la maison, répond Slider.

J'entends David parler au standard de la police. Il donne notre adresse et demande une ambulance.

Je passe mes bras autour du cou de Slider en répétant :

— Merci, merci, merci.

Slider s'assoit sur le sol près de moi et me prend sur ses genoux.

— Tu peux remercier Ice et ses gars. C'est eux qui ont trouvé cette adresse.

— Oui, c'est vrai, mais c'est lui qui a explosé la vitrine. Tu ne pouvais pas attendre deux minutes que nous forcions la serrure, lui demande David, en riant. J'ai hâte de voir comment tu vas expliquer la casse.

— Aucun problème, c'était une réaction à chaud, dit Slider. On ne t'a pas appris cela à l'école de police ? À l'occasion d'une poursuite à chaud, presque tout est permis.

— J'en ai un vague souvenir, reconnaît Brian. Sauf que je pense que j'ai dû rater la définition de la poursuite à chaud.

Il me fait un clin d'œil et prend le téléphone des mains de David.

— Merci Brian.

— De rien mon petit lapin. Tu as décidé de venir travailler pour nous, alors tu es devenue un membre de la famille des Tornades d'Acier et nous prenons soin des nôtres, me répond-il.

Il est sur le point de me dire autre chose lorsque la personne qu'il appelle répond.

— Oui, on l'a trouvée... Elle va bien... Ouais, juste un peu secouée, mais elle est solide... Non, pas à la maison. On va la conduire à l'hôpital avant de la laisser repartir... Oui, je lui dis. À tout bébé.

S'adressant de nouveau à moi :

— C'était Lisa. Juliya et elle campent dans le quartier général du club depuis que tu as disparu. Elles étaient folles d'inquiétude à ton sujet.

— Tu les embrasseras pour moi.

Je me tourne vers Slider.

— Ramène-moi à la maison. Je te promets que je vais bien, s'il te plait.

— Non ma douce, on va attendre une boite à roulette pour te conduire à l'hôpital, qu'ils vérifient que tout va bien et ensuite je te ramènerai.

Quand il a cette expression déterminée sur son visage, je sais que cela ne sert à rien de discuter. Et en plus ce n'était pas comme cela que je voulais qu'il apprenne que j'ai un nouveau travail.

Je suis trop fatiguée pour me battre à ce sujet, alors je me love contre lui. Son épaule est un repose-tête idéal. Je ferme les yeux, et pendant une minute, je savoure le fait que je suis dans la prison de ses bras et que j'y suis si bien que je pourrais pleurer... encore.

Je sais qu'entre Slider, David et les Tornades je n'ai plus rien à craindre. Je suis en sécurité maintenant.

Mais pas à l'abri de l'infirmier autoritaire qui me soulève des bras de Slider pour m'attacher sur un brancard. Il relève la partie haute pour me mettre en position assise et met une bouteille entre mes mains en me disant :

— Buvez !

J'attrape avec frénésie la bouteille d'eau et la vide d'un trait. J'avais oublié à quel point j'avais soif. Parlant tout seul pendant qu'il fait glisser le brancard dans l'ambulance, il marmonne.

— Enfermée pendant plus de vingt-quatre heures et personne ne pense à lui donner à boire. À mon avis tous ces mecs ne sont que des crétins !

J'ai bien envie de lui dire que personne ne lui a demandé son avis, mais je garde ma réflexion pour moi et me contente de le remercier en lui rendant la bouteille vide.

Il m'en donne une autre et après m'avoir intimé de boire plus doucement, il frappe sur la paroi qui nous sépare du chauffeur.

— On est prêts quand tu veux.

Quelques minutes plus tard, nous sommes à l'entrée des urgences de l'hôpital de Point Lookout.

18

SLIDER

Je suis déjà devant la porte lorsque l'ambulance de Sally arrive. Je lui tiens la main jusqu'à ce que l'infirmière me demande de dégager.

— Si tu allais voir comment va Prince ? me dit Sally.

Elle me regarde hésiter et me chasse.

— Ouste, tout va bien ! Je suis vraiment inquiète pour lui et je veux savoir si je n'ai rien aggravé lorsque j'ai tenté d'arrêter les saignements.

— Oh, tu n'as pas à t'inquiéter pour cela, je lui dis, et elle fronce les sourcils. Bon, je vais me renseigner pour savoir où il est et nous irons lui rendre visite, comme cela, tu pourras te rendre compte de son état par toi-même.

Je lui fais un petit bisou et réalise que je me suis peut-être trop avancé parce que je n'ai pas pris de nouvelles de

Prince, et pour autant que je sache il pourrait encore être aux soins intensifs.

J'obtiens son numéro de chambre et reviens sur mes pas pour attendre que Sally sorte.

— Tu vois, ce n'était pas long. Je t'avais dit que j'allais bien, me dit-elle dès qu'on la relâche.

Je me tourne vers l'infirmière, mais avant de répondre à mon invitation silencieuse et me confirmer qu'elle va bien, elle regarde Sally. Ce n'est qu'une fois que celle-ci a hoché la tête qu'elle me fait son rapport.

— Elle est un peu déshydratée et puis endolorie pour avoir dormi sur des marches en béton. Rien que l'on ne puisse réparer avec de l'eau et beaucoup de tendresse.

— Merci Patricia, dit Sally.

— Pas de souci Sally, répond l'infirmière en partant.

— Tu veux aller voir Prince avant de rentrer ? je lui demande.

— Bien sûr ! confirme-t-elle.

Dans l'ascenseur pour rejoindre la chambre de Prince, je demande :

— Comment as-tu su quoi faire pour les tripes de Prince ?

— Je n'en sais trop rien, répond-elle perplexe. J'ai regardé trop de séries télé, je suppose. Le bon sens ? Tu sais, je me suis dit que cela ne pourrait pas lui faire de mal si je mettais quelque chose dessus pour que rien ne rentre et surtout que rien de plus ne sorte...

— Quand ils l'ont emmené, ils ont dit que tu lui avais probablement sauvé la vie.

— Ah oui ?

À la voir aussi heureuse, j'ai envie d'avoir une petite gamine qui lui ressemble un jour, une enfant qui me regardera avec la même fierté dans le regard. Merde, c'est quoi cette sensation ?

Nous frappons doucement, et sans réponse, Sally choisit de ne pas frapper à nouveau, mais de pousser la porte. Bien pensé, si jamais il dort ce n'est pas la peine de le réveiller. Mais il est conscient et nous regarde entrer.

— Salut vieux frère. Comment ça va ?

Je réalise à quel point, c'est absurde de poser cette question à quelqu'un dans un lit d'hôpital, quelqu'un qui sort du bloc en plus, mais la question est sortie, car je ne trouvais rien d'autre à dire.

Sally se tient debout au bord de son lit.

— Tu m'as filé une peur de tous les diables, lui dit-elle en prenant une de ses mains dans les siennes.

— Désolé ma douce, sa voix est rauque et son regard étrange.

— Est-ce que tu planes ? lui demande Sally en penchant la tête pour lire ce qu'il y a écrit sur la poche de perfusion rattachée à son bras par intraveineuse.

Prince sourit.

— Ouais, je ne sais pas ce que l'infirmière a mis dans

les tuyaux il y a quelques minutes, mais, c'est extra. Je n'ai plus mal nulle part.

La façon qu'il a de parler me fait rire. Voilà un homme dont la plus grande fierté est d'être toujours sous contrôle, et là, il plane plus haut qu'un cerf-volant.

La porte s'ouvre violemment derrière nous et Juliya entre. Elle est toute rouge comme si elle avait couru et son sourire s'illumine lorsqu'elle voit Sally.

— J'ai conduit d'une traite jusqu'à l'hôpital lorsque Ice m'a dit qu'on t'amenait ici. Je voulais vérifier que tout allait bien et quand je ne t'ai pas trouvée aux urgences, une infirmière m'a dit que tu étais montée et...

Juliya s'arrête en reconnaissant Prince alors que Sally s'approche d'elle pour l'embrasser. — Oh non ! Qu'est-ce qu'il t'est arrivé ? demande-t-elle en écartant doucement Sally pour s'approcher du lit.

Mais Prince ne lui répond pas. Il semble s'être endormi.

— On lui a tiré dessus, explique Sally en glissant un bras réconfortant sur ses épaules. Une fois dans le bras et une autre fois dans le ventre.

Juliya se rapproche de la tête du lit et pose sa main sur la joue de prince. Le geste est tendre, presque amoureux.

— C'est tellement étrange de le voir comme cela, murmure-t-elle. Sans défense, vulnérable...

— Tu as raison, dit Sally en attrapant ma main. On les voit comme des géants, mais ils sont juste humains.

Nous patientons quelques minutes, les filles chuchotant, mais Prince ne se réveille pas. Je pense qu'il a été assommé pour la nuit.

— Je vais te ramener chez toi, dis-je à Sally. Tu as besoin de te reposer.

— Tu viens avec nous ? demande Sally à Juliya.

— Non, je pense que je vais rester un peu plus longtemps, histoire de voir s'il se réveille, répond-elle. Cela ne m'est jamais arrivé, mais je crois que je détesterais me réveiller toute seule dans une chambre d'hôpital.

Je veux la mettre en garde. Lorsqu'il se réveillera, le médicament contre la douleur aura probablement cessé son effet et il se conduira peut-être comme le dernier des enfoirés, mais elle a raison, cela lui fera du bien d'avoir quelqu'un à ses côtés à son réveil.

— Tomber amoureuse de Dmitry, me dit Sally dans l'ascenseur, ce n'est pas une bonne idée pour elle, hein ?

Je secoue la tête. Pas une bonne idée, quoi qu'il arrive. La meilleure des choses qui pourraient arriver serait qu'il rejoigne une section lointaine de l'Association ou alors qu'il prenne le statut de nomade pour faire le tour des sections à travers le pays. Mais il faut être réaliste, faire le tour des États-Unis en moto après avoir pris une balle dans le ventre, ce n'est pas non plus une bonne idée.

— Tu es assez en forme pour une balade derrière moi ou on appelle un taxi ?

— Je vais monter avec toi, décide-t-elle en me prenant dans ses bras. Évite les trous et les bosses.

Je rentre tout doucement. Je ralentis encore plus lorsque je réalise qu'il va y avoir un moment délicat à l'arrivée. Son jeu de clefs est dans le dossier des preuves de l'enquête sur le décès de Michael Mayfield et la seule façon d'entrer chez elle, ce soir, c'est d'utiliser mon jeu de clefs, celui que je ne lui ai jamais avoué avoir fait faire.

Mais je m'inquiète pour rien parce que lorsque nous arrivons chez elle, la clef est la dernière chose à laquelle elle pense. Les restes des rubans jaunes qui délimitaient la scène flottent au vent, attachés aux troncs de palmiers. J'ai pourtant mis ma moto aussi loin que possible du parking des invités, mais Sally les a vus.

Elle descend de la moto et regarde fixement dans cette direction comme subjuguée.

— Qu'est-ce qui s'est passé ?

Je me place derrière elle et pose mes bras autour de sa taille. Qu'est-ce que j'ai besoin de lui dire ?

Pensant à haute voix, elle murmure :

— Il avait gardé mes clefs et mon permis.

C'est une maligne ma nana, elle a compris toute seule.

— Alors, il est venu se cacher chez moi ?

Je la retourne et regarde dans ses beaux yeux noisette, replaçant une mèche de cheveux. J'essaye de ne pas faire un monde du fait qu'il a fait intrusion chez elle.

— Il n'est pas resté très longtemps, juste assez pour se réchauffer un de tes plats surgelés.

Elle rit.

— Aucun problème, celui qui restait dans le congel était berk. J'allais le jeter.

— Décidément, ce n'était pas son jour de chance, je remarque, ressentant presque de la pitié pour ce pauvre mec.

— Oui, il n'a même pas eu droit à un dernier repas convenable !

Je ris en découvrant que Sally peut faire de l'humour noir.

— Tu l'as tué ? demande-t-elle, grave.

— David et moi, j'avoue. Nous lui avons bien donné une possibilité de se rendre, mais il n'a pas voulu la prendre.

— Je comprends, ce qui est arrivé à Zach a dû lui faire peur.

— Pourtant, on l'aurait sans doute mis à l'isolement en prison en sa qualité d'ancien flic et de blanc suprémaciste, je lui explique. Mais assez parlé de lui, laisse-moi m'occuper de toi, il est l'heure d'aller te border.

19

SALLY

C'est tellement étrange de voir Slider chez moi. Il m'a déjà raccompagnée à la maison, jusqu'à ma porte même, mais il a toujours refusé d'entrer. Mais c'était avant. Aujourd'hui tout a changé. Il est même venu, alors que je n'étais pas là.

Je fais le tour de la pièce ; en dehors des couverts sales dans l'évier, tout est comme c'était lorsque je suis partie... cela ne fait que deux jours ? Je me retourne pour regarder Slider, appuyé contre la porte comme s'il ne savait pas bien quoi faire de lui-même.

Je vais vers lui et lui dis :

— J'ai besoin de prendre une douche. Mets-toi à l'aise en attendant.

Je repousse son blouson de ses épaules et découvre son holster. Ce n'est pas la première fois que je le vois armé, mais cette fois-ci c'est différent, il y a un badge accroché.

Je reste bouche ouverte et je recule d'un pas. Bien que je connaisse déjà la réponse à ma question, je la pose tout de même.

— Tu es un policier ?

Slider me rattrape par les boucles de la ceinture de mon pantalon m'empêchant de reculer plus encore.

— J'allais te le dire. Cela fait si longtemps que je suis en infiltration que je ne sais plus très bien ce que je suis aujourd'hui. Il y a deux jours je pensais présenter ma démission.

Il me tire vers lui et enfouis sa tête dans mon cou.

— Et puis ce rat t'a kidnappée et j'ai décidé de conserver mon badge pour pouvoir lui faire la peau sans qu'on me pose trop de questions.

— Et maintenant que c'est fait ?

J'espère qu'il n'entend pas la peur dans ma voix. Je sais comment sont les flics. Solidaires entre eux, comme les motards. C'est eux contre le monde entier, alors si c'est un flic et si mon frère me retrouve, je sais de quel côté, il se rangera.

— Maintenant, il faut que je trouve un moyen de démissionner sans me faire tuer par les Knights et je crois que j'ai trouvé, dit-il. Mais j'y penserai demain. Ce soir je ne veux penser qu'à nous deux.

Il m'embrasse et j'ai envie de croire qu'il est maintenant plus motard que policier et que tout ira bien. Et puis j'oublie comment penser, j'oublie comment respirer et la seule chose que je veux c'est qu'il me prenne dans ses bras et m'aime.

Doucement, il me déshabille, m'embrassant tout en me faisant marcher jusqu'à la salle de bain. Il règle les robinets de la vieille baignoire à la recherche d'une température agréable pendant que je finis d'enlever mes vêtements. Il se retourne et me regarde.

— À partir de maintenant, c'est juste pour moi que tu te déshabilles.

J'adore le regard possessif qu'il me jette et la façon dont ses doigts glissent le long de mon dos pendant qu'il m'aide à entrer dans la baignoire.

Il tire le rideau derrière moi quand je pénètre sous le jet d'eau chaude. Je me dis que la vapeur va effacer toute trace de ses deux derniers jours. Je vais oublier que j'ai plongé les doigts dans le sang de Prince en tentant de l'aider, que j'ai senti une lame sur mon cou et mon propre sang couler sur ma gorge. Je vais oublier ma peur de mourir de soif toute seule dans ce garage, et pire encore, ma terreur à l'idée que Slider pourrait s'allier avec mon frère.

Je fais mousser mon shampoing et puis je pose mes deux mains à plat contre les carreaux pendant que l'eau rince mes cheveux et coule dans mon dos. Slider grimpe dans la baignoire debout derrière moi et me masse les épaules. Le parfum de lavande de mon savon remplit l'air. Ses mains délicieuses voyagent de mes épaules, tout le long de mon dos, puis plus bas jusqu'à mes pieds. Il reprend du savon et ses bras passent devant moi pour refaire le même trajet. Ses mains s'attardent sur mon cou, aériennes comme des plumes, là où j'ai été coupée. Un autre arrêt sur ma poitrine, moins léger, mais si fabuleux que je me cabre contre lui. Je veux me retourner, mais il ne me laisse pas faire et continue à me caresser. C'est magique et c'est une véritable torture.

Il glisse un genou entre mes jambes pour me forcer à les écarter et s'approche plus près. Je peux sentir son érection contre le bas de mon dos.

— Slider, s'il te plait, je soupire en me collant à nouveau à lui.

— Oui bébé, murmure-t-il à mon oreille. Je suis là, je ne vais nulle part. Je vais m'occuper de toi, cela fait si longtemps que j'attends que je ne vais pas me presser, j'ai tout mon temps.

Un gémissement m'échappe lorsque ses mains abandonnent ma poitrine pour mes bras, puis mes cotes qu'il couvre de savon. Il se baisse derrière moi et lave le haut de mes jambes, puis l'intérieur de mes cuisses, une main de chaque côté, de bas en haut, sans jamais atteindre l'endroit où je souhaite qu'elles se posent.

— Je vais prendre tout mon temps et savourer chaque bouchée de toi avant de m'abandonner.

Il se saisit me mes hanches et me tourne face à lui.

Il est à genou — l'eau de la baignoire va bientôt déborder — et il se penche pour m'embrasser. Sa bouche se pose juste sous mon nombril et je me hisse sur la pointe des pieds pour gagner quelques centimètres. Mon bel effort le faire rire doucement. Avec des petites morsures délicates, sa bouche part vers le sud pour rejoindre ses doigts qui sont devenus plus entreprenants et je retiens mon souffle en attendant un contact direct.

J'ai tellement envie de lui que je pourrais crier. Mes mains tâtonnent à la recherche d'un point d'appui et mes doigts glissent dans ses cheveux au moment où une langue s'insinue dans un repli brûlant.

Je me consume et je tremble. Je suis en enfer et au paradis. Je répète son nom alors que ses doigts m'envahissent. Une seconde plus tard, j'explose et mes genoux cèdent.

Slider m'attrape et me sort de la baignoire. Il a préparé des serviettes. Une petite pour enrouler autour de ma tête puis une plus grande pour m'envelopper avant de couper l'eau et de me sécher. Je me sens comme une poupée de chiffon. Totalement vidée. Il me sort de la salle de bain pour me conduire à mon lit.

Les rideaux sont tirés et la seule source de lumière est la petite lampe de chevet. La pièce est toute pleine de la vapeur qui s'échappe de la salle de bain. L'atmosphère est magique.

Cet homme est si beau que j'ai le souffle coupé de le voir se tenir debout devant moi avec autant de passion dans le regard. J'aime tout en lui, même les horribles cicatrices sur ses jambes. Je prends son visage dans mes mains et caresse ses lèvres avec les miennes. Je frotte ma joue sur sa barbe naissante. Cela fait deux jours qu'il ne s'est pas rasé et j'aime cette sensation rugueuse contre ma peau.

Une main sur sa nuque, je le tire sur le lit avec moi. Je veux lui dire que je l'aime, mais je ne le fais pas. Je crains de lui faire peur. Je ne connais même pas son nom, son vrai nom. C'est absurde d'aimer un homme dont on ne connaît même pas le nom.

Je roule sur lui et me place à califourchon sur ses jambes. Il se repose sur ses coudes, en me regardant les paupières à moitié baissées, pendant que je trace un chemin de mes lèvres entre son nombril et la tête bulbeuse de son pénis. Je le taquine du bout de la langue et regarde son expression changer quand ma caresse se fait plus précise. Ses hanches se soulèvent et je le prends dans ma bouche. Je sens une veine pulser et me délecte des sons changeants qui lui échappent selon la pression que j'applique. Rapidement, je pense qu'il est bientôt là où je voulais l'amener, et sans doute, ai-je raison, parce qu'il se retire et me retourne sur le dos.

— Je veux te voir exploser sous mes yeux, me dit-il et ces simples mots m'embrasent à nouveau. Je me croyais repue, mais je ne l'étais pas. Je le veux en moi maintenant et je lui montre en enroulant mes jambes autour de ses hanches comme je l'avais fait le jour du mariage de Mimi, sauf que cette fois-ci il n'y a plus aucune barrière de tissus entre nous.

20

SLIDER

Je veux la pilonner, mais je me retiens en pénétrant en elle tout doucement pour en sortir plus lentement encore. Pour autant que je sache, cela fait deux ans qu'elle est célibataire. Bordel, cela fait deux ans que cette femme m'attend ! Je pense devoir être doux pour elle, mais elle ne semble pas vouloir que je sois lent et délicat. Ses hanches bondissent au-devant des miennes. Elle est prête pour moi et elle est aussi délicieuse que je l'imaginais.

Je reste immobile à contempler son visage, blotti dans son fourreau chaud et humide. Ses paupières sont closes et ses lèvres entrouvertes, son teint est d'un beau rose, et lorsque ses yeux s'ouvrent soudain, je lis le désir, le besoin et... l'amour. Ses yeux sont le miroir de mon âme. Peut-elle lire dans les miens aussi ?

Les yeux dans les yeux, je me retire et pénètre plus

violemment en elle. Son regard reste rivé au mien, mais sa tête bascule en arrière, tout son corps s'arc-boutant contre le mien. Sa respiration est haletante et ses yeux brillent. Tout au fond d'elle, j'attends. Ses muscles se contractent autour de moi. Elle est presque là où je voulais l'amener. Encore un mouvement de hanche et je glisse une main entre nous à la recherche du point sensible qui la fera basculer. Je le caresse doucement et le son qui sort de sa gorge me remplit de joie.

— Slide, s'il te plait, crie-t-elle, et il me plait.

J'appuie plus fort et puis lui impose un rythme soutenu jusqu'à ce que nous explosions ensemble. Je me perds en elle.

Reprenant mon souffle, je reste en elle, faisant reposer mon poids sur mes coudes.

Elle cherche mon visage des mains. J'aime quand elle fait cela. Elle attire ma bouche vers la sienne et je l'embrasse. Elle tourne la tête pour me permettre d'approfondir le baiser. Je pourrais passer des heures à explorer ses lèvres et sa bouche.

Aujourd'hui, je me demande pour quelle raison, j'ai été si stupide et j'ai attendu aussi longtemps. J'enfouis ma tête dans son cou et respire un mélange qui est l'odeur de la lavande et quelque chose de plus qui n'appartient qu'à elle.

Je l'embrasse à nouveau et je sens que je me réveille à nouveau. La longue période d'abstinence que je viens de traverser me met en forme, à moins que ce soit juste Sally.

Lorsque je bouge un peu pour lui faire constater ma vigueur retrouvée, elle gémit dans ma bouche.

Je lève la tête pour la regarder en souriant.

— Vraiment ? demande-t-elle étonnée.

— Oui, c'est l'effet que tu me fais, je lui réponds.

— Je ne suis pas sûre de...

J'interromps sa phrase d'un nouveau mouvement du bassin et ce qu'elle allait dire est remplacé par un :

— Ohhhhh ! de contentement sur sa bouche qui forme un cercle ravissant.

— Oui ? Je dis, pas peu fier de sa réaction. Je veux t'entendre crier encore une fois avant de te laisser dormir.

— À une condition, dit-elle avec une voix cassée.

— Je ne crois pas que tu sois en position de négocier quoi que ce soit, je lui dis sur un ton taquin, mais comme je ne demande qu'à te faire plaisir.

— Comment t'appelles-tu ? me demande-t-elle presque timidement.

Eh oui, elle ne connaît que Slider.

— Paul, je lui réponds. Paul Luck.

— Luck, comme chance en anglais ?

Je hoche la tête.

— Bonjour Mister Luck, dit-elle avant que je replonge en elle.

— Qu'y a-t-il de drôle ? je lui demande en voyant un sourire se dessiner sur ses lèvres.

— Ton nom me donne envie de dire des choses absurdes.

Elle a du mal à garder son sérieux et la voir rire en ce moment ne me plait pas beaucoup.

— Comme quoi par exemple ? je demande, alors que je sais que je ne devrais pas, mais je ne peux pas m'en empêcher.

Elle rougit avant de me répondre.

— Eh bien, jusqu'à maintenant je ne connaissais pas ma chance… ou encore je ne voudrais pas épuiser ma chance…

Je souris parce qu'elle est mignonne.

— Tu n'as vraiment pas de chance parce que je crois qu'on me les a toutes faites à l'école alors tu peux toujours tenter ta chance…

— Ce que j'ai beaucoup aimé, c'est recevoir un coup de pouce de la chance…

Et elle éclate de rire.

— Assez ri fillette, tu as besoin de quelques coups de Chance pour te remettre les idées en place, et je lui montre ce que j'entends par là.

L'expression de son visage passe du rire joyeux à la béatitude sensuelle pendant ma démonstration passionnée.

Je la regarde avec bonheur tourner la tête de droite à gauche sur l'oreiller lorsqu'elle s'abandonne et seulement à ce moment, j'explose en elle et me retourne sur le dos l'entrainant avec moi, sa tête posée sur mon épaule.

Je pose mes lèvres sur son front et caresse son dos.

La regarder s'endormir dans mes bras me remplit de joie. Elle se serre contre moi comme si c'était la chose la plus naturelle au monde.

Je ne lui ai pas encore dit que je l'aime. J'espère que cela ne va pas la faire flipper.

Je tire l'édredon sur nous deux et ferme les yeux.

Avec elle à mes côtés, je me sens invincible.

Pour nous deux, je vais trouver un moyen de dissoudre la section locale des Knights, de démissionner de la police et qui sait, peut-être, de me faire engager par Ice. Oui, je pourrais faire cela, il a dit qu'il avait besoin de renfort à l'Amicale Pression.

Optimiste pour l'avenir, je m'endors. Je suis un homme heureux.

J'espère que vous avez aimé l'histoire de Slider et Sally.

Leurs aventures ne sont pas terminées comme vous pourrez le découvrir dans les prochains livres des Tornades d'Acier.

Téléchargez **Chaud bouillant**
pour découvrir qui va faire craquer Everest.

DU MÊME AUTEUR

Du mauvais coté de la loi

Artistic License

Lyv

Jade

Noël au Chalet (avec Shannon Macallan).

Sauver Belle + Chaser (Category 5 Knights MC)

Les Tornades d'Acier

Froid comme la pierre

Froid brûlant

Fusion froide

À chaud

Chaud bouillant

Chauffé à blanc.

Oublier Doc

Alerte tornade.

Avis de tempête.

Surveillance ouragan.

COMPILATION

Froid (Froid comme la pierre + Froid brûlant + Fusion froide)

Les Curve Masters.

Hannah

Perdue

Trouvée

Partagée

Tabitha

À PROPOS DE L'AUTEUR

En 2013, Olivia Rigal a rejoint le mouvement des "Indies" et publié ses premiers romans en anglais.

Ses romances à suspense lui ont permis de figurer à six reprises sur la liste des meilleures vente du journal USA Today.

En 2014 elle les traduit elle même en français. Ils sont aujourd'hui disponibles en allemand, espagnol, portugais et italien.

Les histoires qu'elle y raconte peuvent être lues séparément bien qu'il arrive souvent que ses personnages se rencontrent de sorte vous pouvez les retrouver dans plusieurs romans.

Elle adore bavarder avec ses lecteurs alors surtout n'hésitez pas à la rejoindre en ligne.

Pour être informée des dernières nouvelles n'hésitez pas à rejoindre le club des lectrices VIP :

https://oliviarigal.com/VIP_Lectrices

Son site : www.OliviaRigal.com

Sa page FB : www.facebook.com/AuthorOliviaRigal/
Twitter : @byOliviaRigal
Instagram : www.instagram.com/oliviarigal

Copyright © 2014 by Olivia Rigal

Tous droits de traduction, de reproduction et d'adaptation réservés pour tous pays.

Pour une autorisation, écrivez à l'éditeur :

contact @ LadyOPublishing .com

Cette histoire est pure fiction et cela même lorsqu'elle a pour décors certains lieux qui existent ou comme toile de fond des évènements collectifs qui se sont réellement produits.

Les noms, les personnages et leurs histoires ont été imaginés de toute pièce par l'auteur et toute ressemblance avec la réalité serait une pure coïncidence.

Réalisé avec Vellum

Printed in Great Britain
by Amazon

47223253R00093